HEYNE
BÜCHER

Vom gleichen Autor erschienen außerdem
als Heyne-Taschenbücher

Die eiserne Ferse · Band 01/5512
Drei Sonnen am Himmel · Band 01/5655
Eine Tochter des Nordlichts · Band 01/5731
Abenteuer eines Ballonfahrers · Band 01/5875
Wenn die Natur ruft · Band 01/5975
Goldcañon · Band 23/139

JACK LONDON

WOLFSBLUT

Roman

WILHELM HEYNE VERLAG
MÜNCHEN

HEYNE ALLGEMEINE REIHE
Nr. 01/5788

Titel der amerikanischen Originalausgabe
WHITE FANG
Deutsche Übersetzung von Martin Anger

4. Auflage

Genehmigte, ungekürzte Taschenbuchausgabe

Printed in Germany 1985
Umschlagfoto: Klaus Schmäh, München
Umschlaggestaltung: Atelier Heinrichs & Schütz, München
Gesamtherstellung: Ebner Ulm

ISBN 3-453-01251-8

INHALT

I.

Spur in der Wildnis

Dunkler Tannenwald stand zu beiden Seiten des gefrorenen Flusses. Kürzlich hatte der Wind die Schneedecke von den Bäumen gestreift. Im schwindenden Tageslicht schien es, als drängten sie sich eng zusammen, düster und drohend. Tiefes Schweigen lag über dem kalten, verlassenen Land. Und doch war Leben in dieser grausamen, eiskalten Wildnis des Nordens.

Auf dem Eis des Flusses quälte sich ein Gespann von Wolfshunden voran. Ihr dichtes Fell war weiß von Reif, ihr Atem gefror in der Luft, kaum daß er das Maul verlassen hatte. Mit Lederriemen waren sie vor einen Schlitten gespannt, den sie hinter sich herschleppten. Der Schlitten hatte keine Kufen, er bestand aus zäher Birkenrinde und glitt in seiner ganzen Länge und Breite auf dem Schnee. Das vordere Ende war gleich dem Fühler einer Schnecke hochgebogen, um den weichen Schnee niederzudrücken. Auf dem Schlitten stand, fest angebunden, ein langer, viereckiger Kasten. Auch noch andere Dinge lagen darauf, Decken, ein schweres Beil, ein Kaffeetopf, eine Bratpfanne; doch den größten Teil des Platzes nahm der lange, schmale, eckige Kasten ein.

Dem Hundegespann voran ging ein Mann auf Schneeschuhen, hinter dem Schlitten folgte ein zweiter. Auf dem Schlitten, in dem Kasten, lag ein dritter, dessen Leben mit aller Mühe und Last vorüber war, ein Mann, den die

Wildnis besiegt hatte, so daß er nicht mehr aufstand, sondern leblos liegenblieb, bewegungslos, wie die Wildnis es will, denn diese haßt alle Bewegung. Sie läßt das Wasser zu Eis erstarren, um zu verhindern, daß es ins Meer fließt, sie treibt den Saft aus den Bäumen, bis sie so steinhart gefroren sind wie das Land ringsum. Am leidenschaftlichsten aber verfolgt sie den Menschen, das ruheloseste aller Wesen, denn er will sich dem Befehl der Wildnis nicht beugen, daß alle Bewegung aufzuhören habe.

So kämpften auch diese beiden Männer, der vor und der hinter dem Schlitten, gegen das drohende Schicksal an, denn sie lebten noch. Ihre Körper waren in dicke Felle und weichgegerbtes Leder gehüllt; Augenlider, Wangen und Lippen waren so dicht mit ihrem gefrorenen Atem bedeckt, daß ihre Gesichter unkenntlich wurden. Das gab ihnen das Aussehen von Masken, die in einer Geisterwelt irgendein Gespenst ins Grab brachten. Dennoch waren sie Menschen, die mutig das kühne Abenteuer auf sich genommen hatten und sich durch diese feindliche, eiskalte Wildnis vorwärtskämpften.

Sie zogen dahin, ohne ein Wort zu sprechen, denn schon das Sprechen hätte sie geschwächt.

Eine Stunde verging und noch eine. Das bleiche Tageslicht des sonnenlosen Tages begann gerade völlig zu verlöschen, als in der Ferne ein leiser Schrei ertönte. Er schwoll an und erstarb dann in dem eiskalten Schweigen. Hunger klang in dem Schrei mit und Gier. Der Mann vor dem Schlitten drehte den Kopf herum, bis er die Augen des Mannes hinter dem Schlitten sehen konnte, dann nickten sie einander zu.

Der Schrei wiederholte sich, schrill und spitz wie eine Nadel. Beide Männer blickten dorthin, von wo der Schrei kam. Er kam aus der Schneewüste, die sie soeben durchquert hatten. Da ertönte der Schrei zum dritten Male.

»Sie sind hinter uns her, Bill!« sagte der Mann vor dem Schlitten. Man hörte seiner Stimme an, wie schwer ihm das Sprechen fiel.

»Fleisch ist hier knapp«, erwiderte sein Kamerad, »seit Tagen habe ich nicht die Spuren eines einzigen Kaninchens gesehen!«

Sie sprachen kein Wort mehr, doch sie lauschten aufmerksam auf den Jagdschrei, der hinter ihnen nicht mehr verstummte.

Als es völlig dunkel geworden war, lenkten sie das Gespann in ein Tannengebüsch am Ufer des Flusses, und bereiteten das Lager für die Nacht. Der Sarg, dicht am Feuer, war zugleich Stuhl und Tisch. Auf der anderen Seite des Feuers drängten sich die Hunde zusammen, knurrten und bissen sich, aber keiner hatte Lust, sich in die Finsternis zu wagen.

»Heute bleiben sie dicht beim Feuer, Henry«, meinte Bill.

Henry, der den mit Schnee gefüllten Kaffeetopf ins Feuer hielt, nickte nur. Er sprach kein Wort, ehe er nicht den Platz auf dem Sarg eingenommen und zu essen begonnen hatte.

»Sie wissen genau, wo ihr Fell am sichersten ist!« sagte er dann. »Kluge Tiere. Sie fressen lieber, als daß sie gefressen werden!«

»Henry«, fragte der andere nach einer Weile, »hast du bemerkt, wie unruhig die Hunde waren, als ich sie fütterte?«

»Sie schienen aufgeregter als sonst!« bestätigte Henry.

»Wie viele Hunde haben wir eigentlich, Henry?«

»Sechs natürlich, das weißt du doch selbst!«

»Weiß ich, Henry!« Bill schwieg für einen Augenblick, um seinen Worten mehr Gewicht zu geben. »Wie wir eben ganz richtig festgestellt haben, besitzen wir sechs Hunde. Und sechs Stücke Fisch nahm ich aus dem Beutel, und dann hatte ich doch ein Stück Fisch zu wenig ...«

»Du hast dich verzählt, Bill!«

»Wir haben sechs Hunde«, wiederholte Bill ruhig. »Einohr erhielt kein Stück, ich mußte ihm noch ein Stück aus dem Beutel holen.«

»Wir haben aber doch wirklich nur sechs Hunde!« meinte Henry.

»Henry, ich behaupte ja gar nicht, daß ich nur Hunde gefüttert habe!«

Henry hörte auf zu essen. Er sah über das Feuer und zählte die Hunde.

»Es sind wirklich nur sechs«, beharrte er.

»Den siebenten sah ich über den Schnee davonlaufen«, verkündete Bill.

Henry musterte Bill mit einem Blick voller Sorge. »Ich werde froh sein, wenn diese Fahrt vorüber ist!«

»Wie meinst du das, Henry?« fragte Bill ruhig.

»Ich meine, daß dir unser schweigsamer Reisegefährte auf die Nerven geht und daß du anfängst, Gespenster zu sehen!«

»Das habe ich zuerst auch gedacht, Henry, deshalb habe ich den Schnee nach Spuren untersucht, und ich fand eine. Dann zählte ich die Hunde, und es waren sechs, und sechs blieben es. Die Spur ist noch im Schnee. Willst du sie sehen? Ich zeige sie dir gern!«

Henry gab keine Antwort, kaute schweigend an seinem Mahl weiter und beendete es mit einem Schluck Kaffee. Er wischte sich mit dem Handrücken den Mund ab und sagte:

»Du denkst, der siebente war ...«

Ein langgezogener Schrei, grimmig und traurig zugleich, kam aus der Finsternis. Henry wartete, bis er verklungen war, dann wies er in das Dunkel und beendete den Satz: »... einer von denen da?«

Bill nickte. »Ich glaubte lieber alles andere, nur nicht das, aber du hast ja selbst gehört, wie unruhig die Hunde waren!«

Jetzt erscholl ein Schrei nach dem anderen aus der Dunkelheit. Von allen Seiten kamen die Laute, und die Hunde drängten sich ängstlich so dicht an das Feuer heran, daß es ihnen den Pelz versengte. Bill warf noch ein paar Stücke Holz in die Glut, ehe er sich die Pfeife anzündete.

»Ich befürchte, deine Stimmung ist nicht die beste«, meinte Henry.

»Henry ...«, Bill zog nachdenklich an der Pfeife, ehe er antwortete. »Mir fiel eben ein, daß der Mann in dem Kasten vielleicht glücklicher daran ist als du und ich! Wenn wir sterben, können wir froh sein, wenn wir so viele Steine auf den Kadaver kriegen, wie nötig sind, um die Hunde abzuhalten.«

»Und eine so lange Reise als Leiche werden wir uns auch kaum leisten können.«

»Ich begreife nicht, Henry, was ein Mann wie er, der in seinem Vaterland ein Lord oder so etwas war, der dort alles in Hülle und Fülle hatte, was ein Mann wie er in dieser gottverlassenen Weite zu suchen hatte. Das begreife ich einfach nicht!«

Henry stimmte ihm zu. »Er hätte steinalt werden können, wenn er daheim geblieben wäre!«

Bill wollte etwas erwidern, aber er unterließ es. Statt dessen blickte er in die Finsternis hinaus, die sie auf allen Seiten wie eine Wand umgab. Nichts war zu sehen, nur ein Paar Augen, die wie Kohlen glühten, leuchteten herüber. Henry zeigte auf ein zweites, dann auf ein drittes Augenpaar, die aufzuglühen begannen. Ein Kreis solcher glühender Punkte schien sich rings um das Lager zu ziehen. Hin und wieder bewegten sie sich, verschwanden und tauchten an einer anderen Stelle wieder auf.

Die Unruhe der Hunde nahm zu, und plötzlich überwältigte sie ihre Angst; winselnd drängten sie sich eng an die beiden Männer heran. Dabei war einer in das Feuer geraten. Er winselte, während der Gestank versengten Pelzes die Luft erfüllte. Der Zwischenfall veranlaßte den Kreis der glühenden Augen, sich ein wenig zurückzuziehen, aber bald war er wieder am alten Platz.

»Henry, es ist ein Unglück, daß unsere Munition so knapp ist!«

Bill half seinem Kameraden, die Decken und Pelze auf den Tannenzweigen auszubreiten, die sie schon vor dem Essen auf den Schnee gelegt hatten. Henry begann, seine Pelzstiefel aufzuschnallen.

»Wieviel haben wir denn noch?« fragte er dann.

»Drei, Henry! Dreihundert wären mir lieber! Dann könnten wir den verdammten Biestern heimleuchten!«

Er drohte den glühenden Augen mit der Faust und stellte seine Mokassins an das Feuer.

»Und dann wünschte ich mir noch, daß die verdammte Kälte endlich nachließe! Fünfzig Grad minus seit zwei Wochen! Hätte ich mich doch nie auf dieses Unternehmen eingelassen! Irgend etwas gefällt mir nicht! Und da ich gerade beim Wünschen bin, wünschte ich, alles wäre vorbei und wir säßen am brennenden Feuer im Fort McGurry und spielten Karten! Genau das wünschte ich!«

Henry knurrte irgend etwas Zustimmendes und kroch in sein Lager. Als er gerade einschlief, weckte ihn die Stimme seines Gefährten.

»Sag mal, Henry, der siebente, der sich das Stück Fisch holte . . ., warum haben den die anderen nicht weggebissen? Das gefällt mir gar nicht.«

»Du machst dir zuviel Gedanken, Bill«, war die schläfrige Antwort. »Früher warst du anders! Schalte ab und schlafe, dann bist du morgen früh frisch und munter. Dein Magen ist nicht in Ordnung, der macht dir zu schaffen!«

Die Männer schliefen eng nebeneinander unter einer Decke, und beide atmeten schwer. Das Feuer brannte nieder, und der Kreis der glühenden Augen rückte immer näher an das Lager heran. Die Hunde knurrten, wenn sich ein Augenpaar zu nahe heranwagte. Einmal knurrten sie so laut, daß Bill davon aufwachte. Er kroch vorsichtig aus den Pelzen, um Henry nicht zu wecken, und warf Holz in das Feuer. Als es aufzuflammen begann, zog sich der Kreis der Augenpaare zurück. Zufällig blickte er zu den Hunden hinüber, rieb sich die Augen und blickte noch einmal hin, diesmal schärfer. Dann kroch er zurück in die Decken.

»Henry«, rief er, »Henry! Wach auf!«

Henry schreckte hoch und fragte, noch halb schlafend: »Was ist denn los?«

»Nichts Besonderes, Henry, ich habe nur eben die Hunde gezählt. Es sind wieder sieben!«

Henry quittierte den Empfang dieser Nachricht lediglich mit einem knurrenden Laut, der bald wieder in lautes Schnarchen überging ...

Am Morgen erwachte Henry als erster und weckte seinen Gefährten. Die Sonne ging erst drei Stunden später auf, obwohl es bereits sechs Uhr war. Im Dunkeln ging Henry daran, das Frühstück vorzubereiten, während Bill die Dekken und Pelze zusammenrollte und den Schlitten zur Abfahrt fertig machte.

»Sag mal, Henry«, sagte er plötzlich, »wie viele Hunde haben wir eigentlich?«

»Sechs!«

»Falsch!« rief Bill triumphierend aus.

»Wieder sieben?« schrie Henry zornig.

»Nein, fünf! Einer ist fort!«

»Zum Teufel!« rief Henry wütend, ließ Frühstück Frühstück sein und zählte die Hunde.

»Du hast recht, Bill«, stellte er dann fest. »Fatty ist weg! Er war schon immer ein bißchen blöd!«

»Kein Hund, und sei er noch so blöd, würde so töricht sein, auf diese Weise Selbstmord zu begehen«, meinte Henry und blickte prüfend die anderen Tiere an. »Ich wette, keiner der anderen würde so etwas tun!«

»Die könnte man nicht mal mit der Peitsche vom Feuer wegbringen«, stimmte Henry zu ...

Das Frühstück war eingenommen und die dürftige Ausrüstung auf dem Schlitten verpackt. Nun drehten die beiden Männer dem hellen Feuer den Rücken zu und tauchten hinein in die Finsternis. Sogleich begann wieder das fürchterliche Geheul; es durchschnitt schrill die Dunkelheit und erhielt von irgendwoher Antwort. Die Unterhaltung der Männer erstarb.

Endlich, gegen neun Uhr, kam die Dämmerung. Mittags begann der Himmel im Süden in rosigem Licht zu glänzen, aber dieser helle Schimmer verlosch bald wieder. Das fahle Tageslicht blieb noch bis drei Uhr, dann legte sich wieder die Polarnacht wie ein Leichentuch über das verlassene, tote Land.

Mit der Dunkelheit kamen die Jagdrufe erneut näher, von allen Seiten erklangen sie, manchmal so nahe, daß die erschöpften Hunde vor Angst aufwinselten und aufgeregt durcheinander gerieten.

Bei einem solchen Aufenthalt, als Bill und Henry das Geschirr der Hunde ordneten, sagte Bill plötzlich: »Wäre das schön, wenn sie anderswo Wild fänden und uns in Ruhe ließen!«

Henry nickte. »Sie gehen einem wirklich auf die Nerven!«

Sie sprachen dann kein Wort mehr, bis sie das Lager aufgeschlagen hatten. Henry tat gerade Schnee auf die Bohnen im Topf, als er einen Fluch von Bill hörte, dann einen Schlag und ein wütendes Knurren unter den Hunden. Er sah rechtzeitig genug auf, um einen fahlen Schatten in der Dunkelheit verschwinden zu sehen. Dann gewahrte er Bill mitten unter den Hunden, halb triumphierend, halb resigniert, in der einen Hand einen schweren Knüppel, in der anderen ein Stück getrockneten Lachs.

»Die andere Hälfte hat er erwischt!« meinte Bill. »Aber dafür habe ich ihm auch eins übergezogen. Hast du's winseln gehört?«

»Wonach sah er denn aus?« fragte Henry.

»Ich habe ihn nicht genau gesehen, aber er hatte vier Beine, ein Maul und einen Pelz wie jeder Hund.«

»Es muß ein zahmer Wolf gewesen sein, vermute ich!«

»Verdammt zahm, wer es auch ist! Kommt zur Futterzeit her und holt sein Stück Fisch!«

Als sie gegessen hatten, auf dem langen, schmalen Kasten saßen und schweigend an ihren Pfeifen sogen, schloß sich der Kreis der glühenden Augen enger um sie als je zuvor.

»Ich wünschte, sie stießen auf ein Rudel Elche oder auf so etwas und machten sich daran!« meinte Bill.

Henry brummte etwas Unverständliches. Dann saßen sie eine Viertelstunde schweigend nebeneinander. Henry starrte ins Feuer und Bill auf den Kranz glühender Punkte, der gleich hinter dem Feuerschein in der Dunkelheit leuchtete.

»Ich wünschte, wir könnten McGurry geradenwegs von hier erreichen«, sagte Bill.

»Hör auf mit deinem Gewünsche und deinem Jammern«, erwiderte Henry wütend, »dein Magen ist sauer! Daran liegt's! Nimm einen Löffel Natron, dann wird dir's besser gehen, und dann ist auch deine Gesellschaft wieder zu ertragen!«

Am nächsten Morgen wurde Henry durch gotteslästerliche Flüche geweckt, die Bill ausstieß. Er stützte sich auf den Ellenbogen und sah Bill unter den Hunden stehen, das Gesicht wutverzerrt und die Hände zu Fäusten geballt.

»Was ist denn los?« rief Henry seinem Kameraden zu.

»Frosch ist weg!«

Henry sprang aus den Decken und zu den Hunden hin. Er

zählte sie mehrmals. Dann verwünschte er wie Bill diese verdammte Wildnis, die ihnen den zweiten Hund geraubt hatte.

»Frosch war der stärkste Hund des Gespanns.«

»Und dumm war er auch nicht!« fügte Henry hinzu.

Niedergedrückt frühstückten sie. Dann spannten sie die restlichen vier Hunde vor den Schlitten. Dieser Tag verlief wie alle Tage, die sie unterwegs waren. Die Männer zogen schweigend über das steinhart gefrorene Land, und das Schweigen wurde immer wieder durch das Jagdgeheul der Verfolger unterbrochen, die unsichtbar ihrer Spur folgten. Als es am Nachmittag wieder Nacht geworden war, kam das Geheul näher. Die Hunde wurden aufgeregt und brachten ihr Geschirr durcheinander, was die Männer noch mehr entmutigte ...

»So, das wird die dummen Tiere wohl festhalten!« meinte Bill zufrieden, als er sich von seiner langen Arbeit aufrichtete.

Henry verließ den Kochtopf und kam näher, um sich anzusehen, was sich Bill ausgedacht hatte. Er hatte die Hunde nicht lediglich wie sonst angebunden, sondern dies nach Indianerart mit Stöcken getan. Um den Hals jeden Hundes hatte er einen festen ledernen Riemen gelegt und daran einen Stock gebunden; das andere Ende des Stockes war an einem Pfahl im Boden befestigt, und zwar so, daß die Hunde weder Riemen noch Stock mit den Zähnen fassen konnten.

Henry nickte anerkennend. »Das einzige Mittel, Einohr hierzubehalten. Er beißt einen Lederriemen glatt durch.«

»Und ob, Henry, oder ich will mich ohne einen Schluck Kaffee auf die Beine machen!«

»Sie wissen genau, daß wir ihnen nichts tun können«, bemerkte Henry, als sie sich zum Schlafen ausstreckten und zeigte auf den Kreis glühender Punkte. »Wenn wir ihnen eins aufs Fell brennen könnten, hätten sie mehr Respekt. Jede Nacht kommen sie ein Stück näher.«

Eine Weile beschäftigten sie sich damit, die undeutlichen Schatten am Rande des Feuerscheins zu beobachten. Wenn sie eine Weile auf zwei glühende Punkte gestarrt hatten, nahm der Schatten langsam die Gestalt eines Tieres an.

Lärm unter den Hunden zog ihre Aufmerksamkeit auf sich. Einohr winselte kläglich. Er versuchte, ins Dunkel zu gelangen. Als der Stock ihn daran hinderte, versuchte er wütend, ihn mit den Zähnen zu fassen. Er war wie toll ...

»Sieh mal dahin!« flüsterte Henry.

Im vollen Feuerschein schlich jetzt ein Tier heran, das einem Hunde auffallend ähnlich sah. Es bewegte sich langsam vorwärts, zugleich mißtrauisch und mutig, und beobachtete dabei genau die beiden Männer, ohne die Aufmerksamkeit von den Hunden abzuwenden. Einohr strebte am äußersten Ende des Stabes dem Eindringling entgegen und winselte ...

»Dieser Hohlkopf, der Einohr, scheint verrückt zu sein«, schimpfte Bill leise.

»Es ist eine Wölfin«, flüsterte Henry, »das erklärt das Schicksal von Fatty und Frosch. Sie ist ein Lockvogel! Sie lockt den Hund heraus, dann fallen alle über ihn her und fressen ihn auf!«

Das Feuer knisterte. Ein Stück Holz brach mit einem Knall auseinander. Das fremde Tier sprang erschrocken in die Finsternis zurück.

»Henry, ich glaube ...«, überlegte Bill.

»Was glaubst du?«

»Ich glaube, es war das Tier, dem ich eines mit dem Knüppel versetzt habe!«

»Sicherlich«, erwiderte Henry.

»Das Tier ist mit Lagerfeuern vertraut«, fuhr Bill nachdenklich fort.

»Es weiß mehr davon, als ein Wolf wissen dürfte. Ein Wolf, der soviel weiß, daß er sich genau zur Futterzeit unter die Hunde mischt, muß seine Erfahrungen haben!«

»Der alte Villan hatte mal einen Hund gehabt, der sich den Wölfen angeschlossen hat«, überlegte Bill laut, »ich muß es wissen, denn ich schoß ihn am ›Kleinen Stock‹ aus einem Elchrudel heraus. Der alte Villan greinte wie ein Kind. Er hätte den Hund drei Jahre nicht gesehen, sagte er. Die ganze Zeit war er bei den Wölfen gewesen!«

»Ja, Bill! Dieser Wolf ist ein Hund und hat oft Fisch aus der Hand eines Mannes gekriegt!«

»Bei der nächsten Gelegenheit, Henry, wird der Wolf, der ein Hund ist, in totes Fleisch verwandelt! Wir können's nicht riskieren, noch einen Hund zu verlieren!«

»Wir haben aber nur noch drei Patronen«, gab Henry zu bedenken.

»Ich warte auf einen sicheren Schuß«, versicherte Bill ...

Am nächsten Morgen warf Henry Holz auf das Feuer und bereitete das Frühstück, während sein Kamerad noch schnarchte.

»Du schliefst so schön«, meinte Henry, als er ihn schließlich doch geweckt hatte.

Bill begann zu essen, aber halb schlief er noch. Er stellte fest, daß sein Becher leer war und griff nach dem dampfenden Kaffeetopf.

Da sagte Henry: »Treiber ist weg!«

Ohne Hast, mit der Miene eines Mannes, der sich in sein Schicksal ergibt, zählte Bill von seinem Platz aus die Hunde.

»Wie war das möglich?« fragte er dann niedergeschlagen.

Henry zuckte die Schultern. »Weiß ich nicht. Vielleicht

hat ihn Einohr losgebissen. Allein ist Treiber nicht losgekommen.«

»Dieser verfluchte Kerl!« Bill sprach ganz ruhig, ohne zu zeigen, wie wütend er war. »Weil er sich selbst nicht befreien konnte, hat er Treiber losgebissen!«

»Na, Treiber hat alle Mühe und Not hinter sich. Ich vermute, er ist längst verdaut und trabt im Bauche von zwanzig verschiedenen Wölfen über den Schnee!«

»Heute abend binde ich sie so an, daß keiner den anderen erreichen kann!«

Sie hatten noch keine hundert Meter zurückgelegt, als Henry, der vorn ging, sich bückte und etwas aufhob, an das sein Schneeschuh gestoßen war. Es war noch Nacht, aber er fühlte, was es war. Er warf es nach hinten, so daß es auf den Schlitten fiel und von dort bis vor Bills Schneeschuhe hüpfte.

»Vielleicht hast du Verwendung dafür, Bill!«

Bill bückte sich. Dann hatte er alles in der Hand, was von Treiber übriggeblieben war: den Stock, mit dem er angebunden gewesen war.

»Mit Haut und Haaren haben sie ihn aufgefressen. Der Stock ist kahl wie ein Pfeifenrohr. Sogar die Riemen an den beiden Enden haben sie nicht übrig gelassen. Sie müssen verdammt hungrig sein, Henry, und sie kriegen uns, mich und dich!«

Henry lachte trotzig. »So dicht haben mir zwar die Wölfe noch nie auf den Fersen gesessen, aber ich habe schon Schlimmeres erlebt! So 'ne Handvoll Bestien genügt nicht, um uns den Garaus zu machen, mein Lieber!«

Bill murmelte: »Das sagst du so. Ich weiß nicht ...«

»Du wirst's wissen, wenn wir in McGurry einfahren!«

»Ich habe wenig Hoffnung!«

»Du bist nicht in Form, daran liegt es, Bill. Alles, was du

brauchst, ist eine anständige Dosis Chinin, und die kriegst du, sobald wir in McGurry sind!«

Bill knurrte, um sein Mißfallen über diese Diagnose auszudrücken, dann schwieg er ...

Gegen neun Uhr kam die Dämmerung, um zwölf rötete die unsichtbare Sonne den Horizont im Süden, und bald darauf setzte das Grau des Nachmittags ein, das drei Stunden später in dunkle Nacht überging.

Als die Sonne zu scheinen versuchte, zog Bill sein Gewehr unter den Stricken hervor, die die Ladung auf dem Schlitten festhielt, und sagte: »Geh weiter, Henry, ich will mal sehen, was ich tun kann!«

Henry widersprach lebhaft. »Bleib beim Schlitten, Bill, du hast nur drei Patronen, und man weiß nie, was passiert!«

»Jetzt unkst du!« erwiderte Bill unbesorgt.

Der andere antwortete nicht. Er ging allein weiter, aber immer wieder warf er ängstliche Blicke in die graue Wildnis, in der sein Kamerad verschwunden war. Eine Stunde später tauchte Bill wieder auf. Er hatte die Umwege, die der Schlitten machen mußte, abgeschnitten.

»Sie haben sich zerstreut«, berichtete er. »Sie bleiben auf unserer Spur und schauen dabei nach Wild aus. Sie meinen, wir sind ihnen sicher. Nur ein bißchen warten! Bis dahin spüren sie alles auf, was freßbar ist ...«

Der Gefährte schwieg.

»Einige habe ich gesehen. Sie sind schrecklich mager. Seit Wochen haben sie wohl außer Fatty, Frosch und Treiber keinen Bissen gehabt, und viel ist das nicht gewesen, denn das Rudel ist stark. Wirklich, schrecklich mager sind sie. Ihre Rippen sind wie Waschbretter, und der Bauch ist gleich unter dem Rückgrat. Bald werden sie wahnsinnig vor Hunger sein, und dann geht der Tanz los ...«

Ein paar Minuten später stieß Henry, der nun hinter dem Schlitten ging, einen leisen Warnruf aus. Bill wandte sich herum, erkannte, was los war, und hielt ruhig die Hunde an. Auf ihrer Spur trabte ein Tier, die Nase am Boden, mit seltsam leichtem Gang. Als die Männer stehenblieben, tat es das auch, hob den Kopf und betrachtete sie unverwandt.

»Es ist die Wölfin«, flüsterte Bill.

Die Hunde hatten sich in den Schnee gelegt, und Bill ging nach hinten zu seinem Kameraden. Gemeinsam beobachteten sie das seltsame Tier, das sie seit Tagen verfolgte und das ihr halbes Gespann auf dem Gewissen hatte.

Nach einer langen Pause kam das Tier ein paar Schritte näher. Dies wiederholte sich mehrere Male, bis es auf etwa 90 Meter herangekommen war. Dann blieb es mit erhobenem Kopf neben einer Gruppe kleiner Tannen stehen, beobachtete die Männer und zog die Witterung ein. Es beobachtete sie, wie es ein Hund tut. Aber seine Gier war nicht von der Art eines Hundes. Es war die Gier, die der Hunger erzeugt, grausam und ohne Erbarmen, wie die eisige Kälte dieses Tages.

Für einen Wolf war das Tier groß. Sicherlich zählte es zu den größten Exemplaren seiner Art.

»Es fehlt nichts an zwei und einem halben Fuß Schulterhöhe«, meinte Henry, »und bestimmt ist's fünf Fuß lang.«

Bill nickte. »Und es hat eine seltsame Farbe; noch nie habe ich einen roten Wolf gesehen. Er hat ein Fell wie Zimt!«

Zimt, das stimmte sicherlich nicht, denn sein Fell war wolfsgrau, aber darüber lag ein rötlicher Schimmer, mehr eine Augentäuschung als eine Tönung.

»Er sieht aus wie ein großer Schlittenhund«, sagte Bill dann. »Es sollte mich nicht wundern, wenn er plötzlich mit dem Schwanz wedelt!«

»Hallo, du Tier«, rief er, »komm her, du, wie du auch immer heißt!«

»Es hat keine Angst vor dir!« lachte Henry.

Bill winkte drohend mit der Hand und rief laut. Aber das Tier verriet keine Furcht, nur seine Wachsamkeit erhöhte sich. Noch immer musterte es die Männer mit mitleidloser Gier. Sie waren Fleisch, und es war hungrig, und gar zu gern wäre es auf sie losgegangen, hätte sie gefressen, wenn es nur den Mut dazu gehabt hätte.

»Paß auf, Henry«, flüsterte Bill, »wir haben noch drei Patronen. Es ist ein todsicherer Schuß. Man kann gar nicht vorbeischießen. Drei unserer Hunde hat er uns weggelockt. Damit muß jetzt Schluß sein. Was denkst du?«

Henry nickte zustimmend. Bill zog vorsichtig die Büchse vom Schlitten und legte sie an die Schulter. Doch in diesem Augenblick sprang die Wölfin in eine Tannengruppe und verschwand.

»Das hätte ich mir denken können«, meinte Bill, als er das Gewehr auf den Schlitten zurücklegte. »Klar, daß ein Wolf, der zur Futterzeit zu den Hunden kommt, auch allerhand von Schußwaffen weiß. Ich sag dir's, Henry, dieser Teufel ist an unserem Unglück schuld. Wenn es ihn nicht gäbe, hätten wir noch sechs statt nur drei Hunde. Aber, das sag' ich dir, Henry, ich kriege die Wölfin! Sie ist viel zu schlau, als daß ich sie auf freiem Felde kriegen könnte. Aber ich lauere ihr auf. Dann mache ich ihr den Garaus!«

Sie schlugen an diesem Abend früh ihr Lager auf. Drei Hunde konnten den Schlitten nicht so lange ziehen wie sechs, sie ermüdeten schneller. Die Männer legten sich schlafen, nachdem Bill sich davon überzeugt hatte, daß die Hunde weit genug voneinander festgebunden waren.

Die Wölfe wurden immer dreister, und die Männer wurden öfter als einmal aus dem Schlaf gerissen. Die Wölfe kamen so nahe, daß die Hunde vor Angst ganz wild wurden. Um die dreisten Angreifer in sicherer Entfernung zu halten, war es nötig, von Zeit zu Zeit Holz auf das Feuer zu werfen.

»Ich habe Seeleute von Haien erzählen hören, die ein dem Untergang geweihtes Schiff verfolgen«, knurrte Bill, als er wieder einmal unter seine Decke kroch, nachdem er Holz ins Feuer geworfen hatte. »Die Wölfe sind die Haie des Landes! Sie verstehen ihr Geschäft besser als wir, und sie verfolgen ihre Spur nicht aus Spaß. Sie kriegen uns, ganz sicher kriegen sie uns, Henry!«

»Sie haben uns bereits zur Hälfte, wenn du solchen Unsinn redest«, erwiderte Henry scharf. »Man ist schon halb hin, wenn man so etwas sagt. Und du bist halb aufgefressen, wenn du so weitermachst!«

»Sie haben schon manchen besseren Mann als dich und mich gekriegt«, erwiderte Bill mutlos.

»Halte den Mund! Du machst mich verrückt mit deinem Geschwätz!«

Henry drehte sich ärgerlich auf die Seite und war überrascht, daß Bill sich nicht über seine scharfe Erwiderung ärgerte. Er dachte lange darüber nach, ehe er einschlief, und sein letzter Gedanke war: »Bill ist völlig fertig. Morgen muß ich ihn aufmuntern!«

II.

Der Kampf der Wölfe

Der nächste Tag begann günstig. Sie hatten während der Nacht keinen Hund verloren, und mit besserer Laune machten sie sich auf die Fahrt in das Schweigen und in die Dunkelheit hinein. Bill schien seine Niedergeschlagenheit überwunden zu haben, und er nahm es den Hunden noch nicht mal übel, als sie gegen Mittag den Schlitten umwarfen.

Alles war ein wüstes Durcheinander. Der Schlitten lag mit der Unterseite nach oben und war zwischen einem Baum und einem Felsen eingeklemmt. Sie mußten die Hunde ausschirren, um den Schlitten aufrichten zu können. Da bemerkte Henry, wie Einohr beiseiteschlich.

»Hierher, Einohr!« schrie er und richtete sich auf.

Einohr lief aber weiter und schleppte sein Geschirr hinter sich her. Ein Stück entfernt, mitten in der Spur, stand die Wölfin und wartete. Als Einohr sich ihr näherte, wurde er plötzlich vorsichtig. Seine Schritte wurden kürzer, und dann blieb er stehen. Die Wölfin ging spielerisch ein paar Schritte auf ihn zu, dann blieb sie auch stehen. Einohr ging weiter auf sie zu, doch sehr aufmerksam und vorsichtig, er sicherte mit hocherhobenem Kopf.

Er versuchte, sie zu beschnuppern, aber sie sprang ein paar Meter zurück. So ging es einige Male, und Schritt für Schritt lockte ihn die Wölfin aus der sicheren menschlichen Nähe weg. Einmal, als habe Einohr seine Vernunft gewarnt, drehte er sich um und blickte zu dem ungeworfenen Schlitten zurück, zu seinen Gespanngefährten und zu den beiden Männern, die ihn riefen.

Aber was auch immer in seinem Kopf vorging — die Lockungen der Wölfin waren stärker, und so entfernte er sich immer weiter.

In der Zwischenzeit hatte sich Bill an sein Gewehr erinnert, aber das lag noch unter dem Schlitten. Als Henry ihm geholfen hatte, wieder alles in Ordnung zu bringen, standen Einohr und die Wölfin schon zu dicht beieinander, und außerdem war die Entfernung für einen Schuß zu groß.

Jetzt, wo es zu spät war, sah Einohr seinen Fehler ein. Ehe die Männer wußten, was die Ursache war, sahen sie ihn plötzlich kehrtmachen und zurücklaufen. Aber ein Dutzend Wölfe jagten im rechten Winkel zu seiner Bahn über den Schnee, um ihm den Weg abzuschneiden. In diesem Augenblick gab die Wölfin alle spielerische Scheu auf. Mit einem wilden Knurren sprang sie Einohr an. Er wehrte sie mit der Schulter ab, und da ihm der Rückweg abgeschnitten war, versuchte er, in einem Bogen den Schlitten zu erreichen. Aber immer mehr Wölfe beteiligten sich an der Jagd. Die Wölfin hielt sich dicht hinter Einohr.

»Wohin willst du, Bill?« schrie Henry plötzlich und faßte den Kameraden am Arm.

Bill schüttelte ihn ab. »Ich halte das nicht aus«, schrie er. »Sie sollen keinen Hund mehr kriegen, wenn ich's verhindern kann!«

Das Gewehr in der Hand sprang er in das Unterholz, neben Einohrs Spur. Sein Plan war klar. Er wollte den Bogen, den Einohr lief, vor den Wölfen erreichen. Mit dem Gewehr und im hellen Tageslicht wollte er die Wölfe einschüchtern und den Hund retten.

»Sei vorsichtig, Bill!« rief Henry ihm nach. »Riskiere nicht dein Leben!«

Henry setzte sich auf den Schlitten und wartete, etwas

anderes blieb ihm nicht übrig. Bill war bereits außer Sicht, aber dann und wann war Einohr im Unterholz zu erblicken. Henry sah, daß die Lage des Tieres hoffnungslos war. Der Hund war sich zwar voll und ganz der Gefahr bewußt, in der er schwebte, aber sein Bogen war weiter als der des Wolfrudels. Es gab keine Hoffnung, daß er vor den Verfolgern ihre Bahn kreuzen und so den Schlitten erreichen könnte.

Die Wölfe und Einohr kamen sich rasch näher. Irgendwo draußen im Schnee, ohne daß er es sehen könnte, würden sich die Wölfe, Einohr und Bill treffen, das wußte Henry. Es geschah früher, als er erwartet hatte. Er hörte erst einen Schuß, dann in rascher Folge zwei weitere. Bills Munition war damit zu Ende. Dann vernahm er wüsten Lärm, ein wütendes Knurren und Bellen. Er hörte Einohrs Todesschrei und das Wimmern eines sterbenden Wolfes. Das war alles! Das Kläffen hörte auf, tiefes Schweigen lag wieder über dem einsamen Land.

Henry blieb lange auf dem Schlitten sitzen. Er brauchte nicht nachzusehen, was sich ereignet hatte. Er wußte es, als ob es sich vor seinen Augen abgespielt hätte. Einmal sprang er auf und wollte nach der Axt greifen, aber er setzte sich wieder und brütete vor sich hin. Die beiden letzten Hunde schmiegten sich voller Angst an seine Beine.

Endlich erhob er sich schwerfällig, als ob alle Widerstandskraft aus seinem Körper geschwunden sei, und er begann, die Hunde vor den Schlitten zu spannen. Er nahm einen Strick über die Schulter und zog zusammen mit den Hunden den Schlitten vorwärts. Doch er kam nicht weit. Beim ersten Anzeichen der Dämmerung begann er hastig, ein Lager aufzuschlagen und sorgte für einen reichlichen Holzvorrat. Er fütterte die Hunde, kochte und aß seine Mahlzeit. Dann machte er sein Lager neben dem Feuer zurecht.

Er sollte aber keine Ruhe finden. Ehe er die Augen schloß, sah er, daß die Wölfe viel zu dicht herangekommen waren. Man brauchte sich nicht mehr anzustrengen, wenn man sie sehen wollte. Sie waren alle in der Nähe des Feuers, in einem dichten Umkreis, und er konnte sie im Schein des Feuers deutlich erkennen, wo sie lagen, wie sie auf dem Bauch heran- oder wieder zurückkrochen. Einige schliefen sogar. Hier und da sah er einen Wolf zusammengerollt wie einen Hund im Schnee liegen.

Henry hielt das helle Feuer in Gang, denn er wußte, daß nur noch dieser helle Schein zwischen dem Fleisch seines Körpers und den hungrigen Fängen lag. Seine beiden Hunde waren bei ihm, jeder an einer Seite, und sie winselten vor Angst oder knurrten wütend, wenn ein Wolf sich allzu nah heranwagte. In solchen Augenblicken, wenn die Hunde knurrten, wurde der ganze Kreis lebendig, die Wölfe sprangen auf und drängten sich zusammen, und auch sie kläfften und knurrten. Dann wurde es wieder ruhig, und ein Wolf nach dem anderen legte sich nieder.

Aber der Kreis wurde immer enger. Zentimeter um Zentimeter schoben sich die Wölfe heran, bis sie sich auf Sprungweite genähert hatten. Dann nahm Henry brennende Holzstücke und warf sie unter das Rudel. Die Wölfe sprangen zurück, und das Tier, das das brennende Holz getroffen und versengt hatte, winselte.

Als es Morgen wurde, war Henry matt und erschöpft, seine Augen brannten vor Müdigkeit. Er kochte sich in der Dunkelheit sein Frühstück. Als gegen neun Uhr das Tageslicht kam, zogen die Wölfe sich endlich zurück, und jetzt führte er aus, was er sich während der Nacht überlegt hatte. Er fällte einige junge Bäume und baute daraus ein Gerüst in die Kronen zweier großer, dicht beieinander stehender Bäume. Henry benutzte die Schlittenriemen als Seil, und mit Hilfe der Hunde zog er den Sarg auf das Gerüst hinauf.

»Sie haben Bill gekriegt, und vielleicht kriegen sie auch mich, aber dich sollen sie nicht haben«, sprach er zu dem Leichnam in der Baumkrone.

Dann machte er sich auf den Weg. Die Hunde zogen den jetzt leichten Schlitten. Sie brauchten nicht angetrieben zu werden, denn auch sie wußten, daß ihre Sicherheit allein davon abhing, daß sie Fort McGurry erreichten. Die Wölfe verfolgten sie jetzt offen, trotteten hinter ihnen und zu beiden Seiten dahin. Ihre roten Zungen hingen aus den Schnauzen, ihre Rippen traten bei jedem Schritt heraus. Sie waren nur noch Haut und Knochen, so dürr, daß Henry sich wunderte, daß sie sich überhaupt noch auf den Beinen halten konnten.

Er wagte nicht, bis zur Dunkelheit unterwegs zu sein. Um die Mittagszeit rötete die Sonne nicht nur den südlichen Horizont, sondern sie zauberte sogar einen goldenen Streifen an den Himmel. Die Tage wurden also schon länger! Als dieser freundliche Schein verschwunden war, suchte Henry sich einen Lagerplatz für die Nacht. Er hatte noch einige Stunden Dämmerung vor sich, und er benutzte sie, um einen riesigen Holzvorrat zusammenzutragen.

Mit der Nacht kam auch die Bedrohung wieder. Nicht nur, daß die Wölfe immer dreister wurden — der fehlende Schlaf machte sich immer mehr bemerkbar. So sehr Henry sich dagegen wehrte, er schlief einfach ein, als er am Feuer hockte, die Decken über der Schulter, die Axt zwischen den Knien und an jeder Seite einen Hund.

Als er wieder aufschreckte, sah er, keine Dutzend Schritte entfernt, einen großen, grauen Wolf, einen der größten des Rudels. Gerade als er hinblickte, gähnte das Tier wie ein müder Hund und musterte ihn, als sei er nur eine hinausgeschobene Mahlzeit, bald zum Essen bereit.

Diese Haltung zeigte auch das übrige Rudel. Die Wölfe starrten ihn hungrig an oder schliefen im Schnee. Sie erinnerten ihn an Kinder, die, am Tisch sitzend, darauf warten, daß sie zu essen beginnen dürfen. Er aber war die Mahlzeit, auf die sie warteten. Er war selber gespannt darauf, wie lange sie wohl noch warten mußten.

Als er Holz in das Feuer warf, fühlte er plötzlich, wie gern er seinen eigenen Körper hatte. Nie zuvor hatte er das so empfunden. Er beobachtete das Spiel seiner Muskeln und interessierte sich mit einem Male für den kunstvollen Mechanismus der Finger. Im Schein des Feuers krümmte er sie einzeln und dann alle zusammen. Er berauschte sich förmlich an dem Gedanken, wie gut und zuverlässig sein Körper arbeitete. Dann warf er einen ängstlichen Blick auf die Wölfe, und schlagartig wurde ihm klar, daß dieser wundervolle Mechanismus, dieses lebendige Fleisch, nichts weiter war als eine Mahlzeit für die gierigen Bestien, in ihren Fängen zermalmt, als sei er ein Elch oder ein Kaninchen.

Einmal schreckte er aus dem Dahindämmern auf und sah die rötlich schimmernde Wölfin vor sich. Sie war höchstens ein halbes Dutzend Schritte von ihm entfernt und beobachtete ihn unverwandt. Die Hunde winselten zu seinen Füßen, aber sie nahm keine Notiz von ihnen. Sie sah nur den Mann an, und lange Zeit erwiderte er ihren Blick. Von ihr ging keine Drohung aus. Sie betrachtete ihn lediglich nachdenklich, aber er wußte, daß dies nur ein Ausdruck ihres Heißhungers war. Er war der Fraß, sein Anblick regte ihren Appetit an. Ihre Schnauze öffnete sich, der Speichel tropfte heraus, und sie leckte ihr Maul im angenehmen Gefühl der Erwartung.

Wie ein Krampf packte ihn die Angst. Er faßte schnell nach einem brennenden Scheit, um es nach ihr zu werfen. Aber ehe er es tun konnte, war sie in die Dunkelheit zurückgesprungen und sicher vor ihm. Er wußte nun, daß sie gewohnt war, daß irgend etwas nach ihr geworfen wurde.

Sie hatte geknurrt, als sie wegsprang, und dabei ihre weißen Zähne gezeigt.

Alle — Nachdenklichkeit war plötzlich verschwunden gewesen, ersetzt durch eine grausige Gier, die ihm einen Schauder über den Rücken jagte. Er sah auf seine Hand, die das brennende Stück Holz hielt, auf die Finger, und er bemerkte, wie der kleine Finger sich feinfühlig von selber zu einer kühleren Stelle zurückzog. Im selben Augenblick sah er im Geiste, wie dieser feinfühlige, empfindsame Finger von den weißen Zähnen der Wölfin zermalmt wurde. Niemals zuvor hatte er seinen Körper so sehr geliebt wie in diesem Augenblick, da er ihn wahrscheinlich bald nicht mehr besitzen würde.

Die ganze Nacht über jagte er das hungrige Rudel mit Feuerbränden zurück. Wenn er einmal eindämmerte, weckte ihn das Winseln und Knurren seiner beiden Hunde.

Endlich wurde es Morgen, aber zum erstenmal vertrieb das Tageslicht die Wölfe nicht. Der Mann wartete vergebens darauf, daß sie sich zurückzogen. Sie blieben im Kreis um ihn und das Feuer, so sicher ihrer Beute, daß dadurch der Mut des Mannes, den das Tageslicht ihm geschenkt hatte, erschüttert wurde.

Henry unternahm einen verzweifelten Versuch, sich auf den Weg zu machen, aber im Augenblick, da er das schützende Feuer verließ, sprang der mutigste Wolf ihn an, doch er sprang zu kurz. Henry rettete sich, indem er zurücksprang. Das übrige Rudel sprang auf ihn ein, und er mußte nach allen Seiten hin Feuerbrände schleudern, um sich die Wölfe vom Leibe zu halten.

Selbst bei Tageslicht wagte er nicht mehr, das Feuer zu verlassen, um seinen Holzvorrat aufzufüllen. Zwanzig Schritte entfernt stand eine hohe, dürre Buche. Er brauchte den halben Tag dazu, um das Lagerfeuer bis zu dem Baum auszudehnen, immer ein halbes Dutzend brennender Äste in der Hand, um sie seinen Feinden entgegenzuschleudern. Als er den Baum erreichte, untersuchte er sorgfältig die Umgebung, um den Baum in der Richtung zu fällen, wo es am meisten Brennholz gab.

Die folgende Nacht war eine Wiederholung der letzten, nur mit dem Unterschied, daß das Schlafbedürfnis übermächtig wurde. Das Knurren der Hunde verlor seine Wirkung, denn sie knurrten jetzt ununterbrochen, und seine übermüdeten Sinne nahmen keine Notiz davon, wenn das Knurren lauter und drohender wurde. Als er wieder einmal aufschreckte, saß die Wölfin vor ihm, kaum einen Meter entfernt. Automatisch nahm er einen Feuerbrand und schleuderte ihn in den offenen Rachen des Tieres. Es sprang zurück, vor Schmerz winselnd, und während er über den Geruch des versengten Fleisches und Felles jubelte, beobachtete er, wie das Tier, ein Dutzend Schritte entfernt, den Kopf hin und her schlenkerte.

Er träumte, er habe Fort McGurry erreicht. Es war warm und angenehm, und er spielte mit dem Verwalter Karten, doch kam es ihm dabei vor, als sei das Fort von Wölfen umzingelt. Sie heulten vor den Zugängen, und manchmal unterbrachen er und der Verwalter das Spiel, um dem Geheul zu lauschen und über die vergeblichen Versuche der Wölfe, ins Fort einzudringen, zu lachen. Plötzlich öffnete sich die Tür mit einem Knall. Er sah, wie die Wölfe den großen Gemeinschaftsraum des Forts überfluteten, und alle sprangen geradenwegs auf ihn und den Verwalter zu. Seitdem die Tür aufgesprungen war, war das Geheul unerträglich laut geworden. Das störte ihn, und der Traum wurde Wirklichkeit, aber das fürchterliche Geheul blieb.

Er erwachte, und rings um ihn war Knurren und Geheul. Die Wölfe griffen ihn an. Sie waren über ihm, und einer hatte seine Zähne in seinen Arm geschlagen. Instinktiv sprang er in das Feuer, und als er sprang, fühlte er, wie andere scharfe Zähne ihn am Bein packten. Dann begann eine Feuerschlacht. Seine Pelzhandschuhe schützten noch eine Zeitlang seine Hände, und er schleuderte glühende Holzstücke nach allen Richtungen in die Augen seiner Feinde. Es konnte aber nicht mehr lange so weitergehen. Sein Gesicht begann in der Hitze zu glühen, seine Augenbrauen und Wimpern waren versengt, und an den Füßen wurde die Glut unerträglich. Mit einem brennenden Scheit in der Hand sprang er an den Rand des Feuers. Die Wölfe flohen. Wohin die glühenden Kohlen gefallen waren, zischte es im Schnee, und hier und dort winselte noch ein fliehender Wolf, der auf ein glühendes Stück Holz getreten war.

Er schleuderte seinen Feinden noch ein paar Feuerbrände nach, dann warf er die glimmenden Pelzhandschuhe in den Schnee und stampfte umher, um seine Füße zu kühlen. Die beiden Hunde waren verschwunden, und er wußte, daß die Wölfe die Mahlzeit fortgesetzt hatten, die mit Fatty begonnen und irgendwann in den nächsten Tagen mit ihm enden würde.

»Noch habt ihr mich nicht!« schrie er und drohte den hungrigen Bestien wild mit der Faust. Durch den Ton seiner Stimme geriet das ganze Rudel wieder in Bewegung. Alle knurrten, und die Wölfin kroch näher heran und betrachtete ihn mit gierigen Blicken.

Er machte sich daran, einen Einfall auszuführen, der ihm eben gekommen war. Er dehnte das Feuer zu einem großen Kreis aus und legte sich in dessen Mitte auf seine Decken, die ihn vor der Nässe des schmelzenden Schnees schützten. Als er so hinter einer Mauer von Flammen verschwunden war, kam das ganze Rudel neugierig näher, um zu sehen, was aus ihm geworden sei. Bisher war ihnen die Nähe des Feuers verwehrt worden, nun ließen sie sich um den Feuerkreis nieder, und wie Hunde gähnten sie und räkelten ihre dürren

Leiber in der ungewohnten Wärme. Die Wölfin setzte sich, richtete die Nase zum Himmel und begann zu heulen. Sogleich stimmten die Wölfe ein, und das ganze Rudel ließ mit himmelwärts gerichteten Nasen dieses entsetzliche Hungergeheul ertönen.

Endlich kam die Dämmerung, und dann wurde es taghell. Das Feuer war niedergebrannt, und er brauchte Holz, sollte es nicht ganz verlöschen. Er versuchte, den Feuerkreis zu verlassen, aber die Wölfe sprangen sofort auf ihn los. Feuerbrände scheuchten sie zurück. Doch nur ein kleines Stück, da gab er es auf und taumelte in den Feuerschutz zurück. Ein Wolf sprang nach ihm, aber er verfehlte und landete mit allen vier Pfoten mitten im Feuer. Er heulte auf und humpelte winselnd zurück, um die Pfoten im Schnee zu kühlen.

Der Mann hockte zusammengekrümmt auf seinen Dekken. Die Schultern ließ er sinken und legte den Kopf auf die Knie. Er hatte den Kampf aufgegeben. Ab und zu hob er den Kopf, um zu sehen, wie das Feuer immer weiter herunterbrannte. Der schützende Feuerkreis zerbrach in einzelne Teile. Hier und dort bildeten sich Öffnungen, die immer größer wurden.

»Ich vermute — bald könnt ihr kommen«, murmelte er, »von mir aus! Ich gehe jetzt schlafen!«

Einmal erwachte er, und in einer Feuerlücke unmittelbar vor ihm stand die Wölfin und starrte ihn an.

Wieder erwachte er, ein paar Sekunden später, obwohl es ihm vorkam, als seien Stunden vergangen. Eine rätselhafte Wandlung war eingetreten, so rätselhaft, daß er vor Verblüffung ganz wach wurde. Irgend etwas war geschehen. Zuerst konnte er es nicht begreifen. Dann begriff er es doch: die Wölfe waren verschwunden! Zurückgeblieben war lediglich der zertrampelte Schnee, der verriet, wie nahe sie ihm gewesen waren. Wieder überwand ihn der Schlaf, sein

Kopf sank auf die Knie. Doch dann schreckte er neuerlich auf.

Er vernahm menschliche Stimmen, das Knirschen von Schlittenkufen, das Knarren von Lederriemen und das Winseln von Schlittenhunden. Vier Schlitten näherten sich vom Fluß her dem Lager unter den Bäumen. Ein halbes Dutzend Männer umstanden den Mann, der zusammengekrümmt inmitten der verlöschenden Flammen hockte.

Sie rüttelten ihn wach. Er sah sie an, als sei er betrunken, und murmelte dann schlaftrunken: »Eine rothaarige Wölfin ... Kommt ins Lager zur Futterzeit ... Erst fraß sie das Hundefutter ... dann fraß sie die Hunde, und zum Schluß fraß sie Bill ...«

»Wo ist Lord Alfred?« schrie ihm einer ins Ohr.

Henry schüttelte den Kopf. »Nein, ihn haben sie nicht gefressen. Der ruht oben in den Bäumen beim letzten Lagerplatz ...«

»Tot?« schrie der Mann.

»Und in einem Sarg«, antwortete Henry. Er schüttelte die Hand des Fragers von seiner Schulter. »Laßt mich in Ruhe, ich bin völlig fertig! Gute Nacht, ihr alle!«

Die Augen fielen ihm zu. Das Kinn fiel auf seine Brust.

Die Wölfin hatte zuerst den Klang der menschlichen Stimmen und das Knirschen der Schlittenkufen im Schnee aufgefangen, und sie war es auch gewesen, die als erste von dem umzingelten Mann inmitten des verlöschenden Feuers weggesprungen war. Die anderen Wölfe hatten nur widerwillig ihre Beute aufgegeben, und noch ein paar Minuten lang waren sie geblieben, bis das näherkommende Geräusch sie zwang, der Wölfin zu folgen ...

An der Spitze des Rudels lief ein großer grauer Wolf, einer der Führer. Er war es, der das Rudel auf die Fährte der Wölfin führte, und er knurrte oder schnappte, wenn ein jüngerer, ehrgeiziger Wolf ihn zu überholen versuchte. Er lief schneller, als die Wölfin in Sicht kam, die langsam durch den Schnee trottete.

Sie lief neben ihm her, als sei das der Platz, der ihr zustand, und paßte sich dem Schritt des Rudels an. Der Leitwolf knurrte sie nicht an, noch zeigte er ihr die Zähne, wenn sie einmal voraus war. Im Gegenteil, er schien ihr freundlich gesinnt zu sein, sogar zu freundlich für ihren Geschmack, denn er drängte sich nahe an sie heran. Wenn sie es für zu nah hielt, knurrte sie ihn an und zeigte ihm die Zähne. Einmal biß sie ihn sogar in die Schulter. Er ließ es sich gefallen, sprang nur ein paar Schritte zur Seite und tänzelte linkisch um sie herum wie ein Bursche vom Lande.

Das war seine einzige Sorge bei der Führung des Rudels, doch sie hatte andere Sorgen. An ihrer Seite lief ein hagerer, alter Wolf, grauhaarig und von den Spuren manchen Kampfes gezeichnet. Er lief immer an ihrer rechten Seite. Das war erklärlich, denn er hatte nur noch das linke Auge. Auch er war geneigt, sich ihr zu nähern und mit seiner zerbissenen Schnauze ihre Schulter und ihren Nacken zu berühren. Aber seine Zudringlichkeit wie die des Wolfes, der an ihrer linken Seite lief, wies sie mit den Zähnen zurück. Wenn aber beide sie zur selben Zeit bedrängten, mußte sie sich mit raschen Bissen nach beiden Seiten wehren, gleichzeitig Schritt mit dem Rudel halten und auf den Weg achten. In solchen Augenblicken zeigten sich die beiden Nebenbuhler die Zähne und knurrten sich drohend an. Sie wären am liebsten übereinander hergefallen, aber der wütende Hunger dämpfte ihre Eifersucht.

Neben dem einäugigen Wolf lief jetzt noch ein dritter, ein dreijähriges Tier, das gerade seine volle Größe erreicht hatte und in Anbetracht des erbärmlichen Zustandes des Rudels mehr als durchschnittliche Kraft und Kühnheit besaß. Wagte er den Versuch, was selten geschah, den alten Wolf zu überholen, so knurrte der und schnappte nach ihm. Manchmal blieb der junge Wolf etwas zurück und versuchte dann, sich zwischen den Alten und die Wölfin zu drängen. Dieser Versuch wurde von zwei, ja drei Seiten abgewiesen, denn dann mischte sich immer auch der Wolf zur Linken der Wölfin ein.

Hätte es genug Futter gegeben — Werbung und Kampf wären Hand in Hand gegangen, und das Rudel hätte sich zerstreut. Aber die Lage des Rudels war verzweifelt. Der Hunger quälte sie alle nun schon lange Zeit, und ihre Lebenskraft war deshalb geringer als sonst. Am Ende hinkten die schwächsten Tiere des Rudels, die sehr jungen und die sehr alten. Vorn waren die stärksten. Aber alle glichen mehr Skeletten, als Wölfen. Trotzdem waren ihre Bewegungen leicht und mühelos — von denen der lahmenden Tiere abgesehen. Ihre dünnen Muskeln schienen über unerschöpfliche Kraft zu verfügen.

So liefen sie an diesem Tage viele Meilen, und auch während der folgenden Nacht liefen sie weiter.

Kein Leben regte sich. Sie allein bewegten sich durch diese leere Weite. Sie allein lebten, und sie suchten andere Lebewesen, um sie verschlingen und dadurch weiterleben zu können.

Sie kreuzten ein Dutzend schmale Flüsse, bis ihre Ausdauer endlich belohnt wurde. Sie stießen auf Elche! Zuerst machten sie einen großen Bullen aus. Das war Fleisch und Leben, und es gab kein geheimnisvolles Feuer und keine fliegenden Feuergeschosse. Hufe und Geweihe waren ihnen vertraut, und sie schlugen ihre übliche Vorsicht und Geduld in den Wind. Es wurde ein kurzer, ein wütender Kampf. Von allen Seiten sprangen sie den Bullen an. Zwar brach er ihre Rippen, zerschmetterte ihre Schädel, stampfte sie mit seinen schweren Hufen in den Schnee, aber trotzdem wurde er besiegt, er ging zu Boden, die Wölfin an seiner Kehle, und überall schlugen sich die Zähne der Wölfe in sein Fleisch. Sie begannen ihn zu verschlingen, ehe noch sein Todeskampf vorüber war und er den letzten Atemzug getan hatte.

Es gab Fleisch in Hülle und Fülle. Der Bulle wog über achthundert Pfund, volle zwanzig Pfund Fleisch für jeden der vierzig Wölfe des Rudels. Aber wie sie unvorstellbaren Hunger ertragen konnten, so konnten sie auch unvorstellbar viel fressen, und bald waren ein paar Knochen alles, was von dem schönen Tier übriggeblieben war, das noch ein paar Stunden vorher dem Rudel die Stirn geboten hatte.

Jetzt ruhten sie sich aus und schliefen lange. Bei vollem Magen begann bald Streit und Hader unter den jungen Tieren, und dies setzte sich an den folgenden Tagen fort, bis das Rudel sich zerstreute. Die Hungerzeit war vorüber. Die Wölfe waren jetzt in einem Gebiet, wo es viel Wild gab, und obwohl sie noch im Rudel jagten, benahmen sie sich vorsichtiger und suchten tragende Kühe oder altersschwache Bullen aus kleinen Elchrudeln aus.

Dann kam der Tag in diesem Paradies des Überflusses, da sich das Rudel teilte und jede Hälfte in eine andere Richtung lief. Die Wölfin, der junge Leitwolf zu ihrer Linken und der einäugige Alte zu ihrer Rechten führten ihre Hälfte zum Mackenzie-Fluß und in das Land der Seen im Osten. Von Tag zu Tag wurde das Rudel kleiner. Zwei zu zwei, immer ein Wolf und eine Wölfin, machten sie sich aus dem Staube. Ab und zu wurde auch ein Wolf durch die scharfen Zähne eines stärkeren Rivalen vertrieben. Am Ende blieben nur vier übrig: die Wölfin, der junge Leitwolf, der Einäugige und der ehrgeizige Dreijährige.

Die Wölfin benahm sich höchst ungnädig. Alle drei Bewerber trugen die Spuren ihrer Zähne. Aber niemals revanchierten sie sich, keiner verteidigte sich gegen sie. Doch so unterwürfig sie sich gegen die Wölfin gaben, so wild waren sie gegeneinander. Der Dreijährige konnte eines

Tages seine Eifersucht nicht mehr zügeln, er fiel den Einäugigen von dessen blinder Seite her an und riß ihm das Ohr in Fetzen. Obwohl der Alte nur noch auf einem Auge sehen konnte, hatte er gegen die Jugend und die Kraft des anderen die Weisheit seiner Jahre und eine große Erfahrung einzusetzen. Er hatte zuviele Kämpfe überstanden, um auch nur einen Augenblick lang im Zweifel zu sein, was er zu tun hatte.

Der Kampf begann ehrlich, aber er endete nicht so. Keiner kann sagen, wie sein Ausgang gewesen wäre, wenn sich nicht der junge Leitwolf auf die Seite des Alten gestellt hätte. Gemeinsam griffen sie den ehrgeizigen Dreijährigen an. Von beiden Seiten schlugen sich die unbarmherzigen Zähne seiner einstigen Kameraden in sein Fleisch. Vergessen waren die Tage, da sie gemeinsam getrabt waren, da sie gemeinsam gejagt, gemeinsam gehungert hatten. Das alles gehörte der Vergangenheit an.

Die Wölfin, die Ursache all dessen, saß dabei und schaute zu, wie der Dreijährige zur Strecke gebracht wurde.

Der jüngere Leitwolf drehte den Kopf zur Seite, um eine Wunde an der Schulter zu lecken. Die Krümmung seines Halses wandte er dem Rivalen zu. Mit seinem einen Auge erkannte der Alte sofort seine Chance. Er biß zu, und seine Zähne zerrissen die große Schlagader am Halse des Nebenbuhlers.

Der junge Leitwolf knurrte wütend, aber sein Knurren ging in ein ersticktes Husten über. Blutüberströmt sprang er den Alten an, aber das Leben floh bereits aus ihm, und seine Läufe versagten ihm den Dienst. Es wurde dunkel vor seinen Augen.

Die ganze Zeit über saß die Wölfin zufrieden dabei. Der Kampf war ganz in ihrem Sinne gewesen, das Unglück hatte die getroffen, die sterben mußten. Für die Überlebenden war er Erfolg und Sieg.

Als der junge Leitwolf im Schnee lag und sich nicht mehr rührte, ging Einauge langsam auf die Wölfin zu. Seine Haltung war eine Mischung von Triumph und Vorsicht. Ganz offensichtlich erwartete er, abgewiesen zu werden, ebenso offensichtlich war er überrascht, als die Wölfin ihm nicht ärgerlich die Zähne zeigte. Zum ersten Male begegnete sie ihm freundlich. Sie beschnupperten sich, und sie fand sich sogar bereit, mit ihm herumzuspringen und mit ihm zu spielen. Und er benahm sich trotz seiner grauen Haare und seiner Erfahrung genauso kindlich und vielleicht sogar noch ein bißchen närrischer als sie.

Vergessen waren die besiegten Nebenbuhler, die mit Blut in den Schnee geschriebene Liebesgeschichte.

Bald darauf trabten sie nebeneinander wie gute Freunde. Die Tage vergingen, und sie blieben zusammen. Nach einiger Zeit begann die Wölfin unruhig zu werden. Sie schien etwas zu suchen, das sie nicht finden konnte. Die Höhlungen unter umgefallenen Bäumen zogen sie an, und sie verbrachte viel Zeit damit, in den Felsspalten und in den Höhlen an steilen Ufern herumzuschnüffeln. Einauge interessierte dies alles nicht, aber er folgte ihr gutmütig, und wenn ihre Untersuchungen an diesen Plätzen sich in die Länge zogen, legte er sich hin, bis sie willens war, weiterzulaufen.

Sie zogen umher, bis sie den Mackenzie-Fluß erreicht hatten, an dem entlang sie weiterzogen. Oft verließen sie ihn, um an den Ufern der schmalen Nebenflüsse zu jagen, aber immer kehrten sie wieder zurück. Mehrmals stießen sie auf andere Wölfe, gewöhnlich Paare, aber auf keiner Seite bestand Neigung, sich wieder zu einem Rudel zusammenzuschließen. Manchmal trafen sie auch Einzelgänger. Das waren Wölfe, die sich gern Einauge und seiner Gefährtin angeschlossen hätten. Einauge wurde dann wütend, und wenn die Wölfin und er Schulter an Schulter nebeneinanderstanden, knurrten und die Zähne zeigten, machte der einsame Freier sich stets aus dem Staube und setzte allein seinen Weg fort.

Als sie einmal in einer Mondnacht zusammen durch den stillen Wald liefen, blieb Einauge plötzlich stehen. Er hob den Kopf, sein Schwanz richtete sich auf, und mit geweiteten Nüstern witterte er. Er hob einen Fuß, wie die Hunde es tun. Er fand nicht heraus, was ihn beunruhigte, und er fuhr fort, zu wittern und sich Mühe zu geben, die Kunde, die die Luft ihm brachte, zu verstehen. Seiner Gefährtin hatte ein einziges Schnuppern genügt, sich zu beruhigen, und sie trabte weiter. Obwohl er ihr folgte, war er keineswegs sicher. Ab und zu mußte er einfach stehenbleiben, um die Warnung zu deuten.

Die Wölfin kroch vorsichtig bis an den Rand einer Lichtung im Walde. Eine ganze Zeit blieb sie allein, dann kam Einauge herangeschlichen, alle Sinne gespannt, jedes Haar gesträubt, voller Mißtrauen. Sie standen nebeneinander, beobachtend, lauschend und witternd.

Ihre Ohren vernahmen Hundegebell, dann dunkle Männerstimmen, dann schrilles Frauengekeife, und einmal das Weinen eines Kindes. Außer den hohen Fellzelten, den Flammen des Lagerfeuers, das ab und zu vorübergehende Gestalten verdeckten, und Rauch, der in die stille Luft stieg, war wenig zu sehen. Aber die Nüstern der Tiere erreichten Tausende von Gerüchen eines Indianerlagers, die eine Geschichte erzählten, die Einauge völlig unverständlich, der Wölfin jedoch in allen Einzelheiten vertraut war.

Sie war seltsam aufgeregt, sie witterte und witterte und fühlte sich immer glücklicher. Aber der alte Einauge war voller Zweifel und wollte weiter. Sie wandte sich ihm zu und berührte beruhigend seinen Hals mit ihrer Nase. Dann sah sie wieder zu dem Lager hinüber. Gier stand in ihren Augen, aber es war nicht die Gier des Hungers. Sie zitterte vor Verlangen, sich dem Feuer zu nähern, sich mit den Hunden zu balgen und den Füßen der umherlaufenden Männer auszuweichen.

Einauge wurde immer unruhiger. Ihre Unrast übertrug sich auf ihn, und sie dachte wieder an das Ding, das sie suchte, und unbedingt finden mußte. Sie machte kehrt und lief in den Wald zurück — zur großen Erleichterung von Einauge, der ein paar Schritte vorauslief, bis sie wieder im Schutz der Bäume waren.

Als sie im Mondschein dahinglitten, geräuschlos wie Schatten, kamen sie plötzlich auf einen Pfad. Beide Nasen rochen sogleich an den Fußspuren im Schnee. Diese Fußspuren waren frisch. Einauge lief vorsichtig weiter, seine Gefährtin folgte ihm dichtauf. Die breiten Pfoten ihrer Füße waren weit gespreizt, und sie glitten über den Schnee, als wären sie aus Samt. Einauge erblickte etwas Weißes, das sich inmitten des Weißen bewegte. Mitten aus dem schleichenden Gang sprang er es an, und das weiße Etwas, das er auf dem Pfad entdeckt hatte, sprang vor ihm her.

Sie jagten den Pfad entlang, der zu beiden Seiten von jungen Tannen gesäumt wurde, und zwischen den Tannen konnten sie das Ende des Pfades sehen, der auf eine mondbeschienene Lichtung mündete. Einauge näherte sich rasch dem fliehenden weißen Schatten. Nun hatte er ihn erreicht. Noch ein Schritt, und seine Zähne würden ihn fassen. Aber dieser Schritt wurde nie getan. In der Luft, gerade über ihm, schwebte plötzlich der weiße Schatten, nun ein zappelndes, schneeweißes Kaninchen, das hüpfte und sprang und einen fantastischen Tanz in der Luft aufführte und nie zu Boden zurückkam.

Einauge sprang mit einem ängstlichen Knurren zurück, dann legte er sich in den Schnee und knurrte noch einmal, diesmal zu diesem rätselhaften Gegenstand seiner Furcht hinauf.

Die Wölfin lief kaltblütig an ihm vorbei, maß die Entfernung und sprang dann nach dem tanzenden Kaninchen. Sie sprang hoch, aber nicht hoch genug, und ihre Zähne klappten leer zusammen. Sie versuchte es wieder und wieder, vergebens ...

Ihr Gefährte hatte sich langsam erhoben und sah ihr zu. Über ihre vielen Fehlsprünge verärgert, tat er selber noch einmal einen gewaltigen Sprung. Seine Zähne packten das Kaninchen und rissen es mit sich auf die Erde zurück. Aber zur selben Zeit vernahm er ein verdächtiges Knacken neben sich, und erstaunt sah er, wie sich ein junger Buchenstamm zu ihm herabbeugte, als wolle er ihn schlagen. Seine Kiefer ließen die Beute fahren, und er sprang zurück, um der Gefahr zu entgehen. Er zeigte die Zähne, knurrte drohend, und jedes Haar sträubte sich vor Aufregung und Angst. Im selben Augenblick richtete sich die Buche auf und das Kaninchen tanzte wieder in der Luft.

Die Wölfin wurde ärgerlich und biß ihn zur Strafe in die Schulter. Erschrocken und völlig außer Fassung durch diesen Angriff, schnappte er zornig zurück und biß sie in die Schnauze. Das kam nun wieder für sie unerwartet, und knurrend ging sie neuerlich auf ihn los. Er entdeckte seinen Irrtum und versuchte sie zu besänftigen, sie aber fuhr fort, ihn zu beißen, bis er alle Versuche, sie zu besänftigen, aufgab.

Das Kaninchen tanzte weiter über ihnen in der Luft. Die Wölfin setzte sich in den Schnee, und der alte Einauge sprang wieder nach dem Kaninchen. Er hatte mehr Furcht vor seiner Gefährtin als vor dem geheimnisvollen Buchenstamm. Als er, das Kaninchen zwischen den Zähnen, zur Erde zurückfiel, beobachtete er scharf den Stamm. Wieder folgte er ihm. Einauge krümmte sich vor dem unausweichlichen Schlag zusammen, das Fell gesträubt, aber seine Zähne ließen das Kaninchen nicht los. Doch der Schlag kam nicht. Der Buchenstamm blieb nur über ihn gebeugt. Wenn er sich bewegte, bewegte sich auch das Bäumchen, und er schloß daraus, daß es das beste sei, sich nicht zu bewegen. Das warme Blut des Kaninchens schmeckte trotzdem gut.

Seine Gefährtin erlöste ihn aus dieser Verlegenheit. Sie nahm das Kaninchen und biß ihm den Kopf ab, während die junge Buche sich über ihr raschelnd und drohend hin und her bewegte. Plötzlich richtete sich der Baum auf und machte von da an keine Schwierigkeiten. Er blieb in der aufrechten Haltung, die seiner Natur entsprach. Dann verzehrten die Wölfe einträchtig die Beute, die das rätselhafte Bäumchen für sie gefangen hatte.

Es gab noch viele Pfade und Wege, wo Kaninchen in der Luft hingen, und das Wolfspaar fand eines nach dem anderen. Die Wölfin nahm dabei die Führung. Einauge folgte ihr und lernte, wie man Schlingen plündert, ein Wissen, das ihm in der nächsten Zeit sehr helfen sollte.

III.

Das Lager

Zwei Tage lang beschäftigte das Indianerlager die Wölfin und Einauge. Er befürchtete, das Lager könnte seine Gefährtin so sehr anlocken, daß sie ihn verlassen würde. Aber als dann eines Morgens die Luft vom Knall einer Büchse widerhallte und eine Kugel dicht an Einauges Ohr in einen Stamm fuhr, da zögerten sie nicht länger, sondern sprangen mit langen, schwingenden Sätzen davon, bis einige Meilen zwischen ihnen und der gefährlichen Nähe der Indianer lagen.

Sie liefen aber nicht weit weg, nur ein paar Tagemärsche weit. Die Wölfin benötigte immer dringender ein Ding, das sie suchte und nicht finden konnte. Sie wurde sehr schwerfällig und konnte nur noch langsam laufen. Einmal gab sie die Verfolgung eines Kaninchens auf, das sie sonst leicht gefangen hätte, legte sich hin und ruhte aus. Einauge kam zu ihr, aber als er ihren Hals zärtlich mit der Schnauze berührte, schnappte sie so wütend nach ihm, daß er, um ihren Zähnen zu entgehen, sich rückwärts überschlug und eine lächerliche Figur abgab. Ihre Unverträglichkeit nahm zu, aber er wurde immer geduldiger.

Dann endlich fand sie, was sie suchte. Es lag ein paar Meilen aufwärts an einem Nebenfluß des Mackenzie, der jetzt bis zum felsigen Grund gefroren war, von der Quelle bis zur Mündung ein toter weißer Strom. Die Wölfin trabte schwerfällig dahin, ihr Gefährte lief voraus, als sie die hohe, überhängende Lehmwand erreichte. Frühlingsstürme und Schmelzwasser hatten die Wand unterhöhlt und einen schmalen Riß zu einer Kammer erweitert.

Vor dem Eingang blieb sie stehen und besah sich alles sehr genau. Dann lief sie erst auf der einen, dann auf der anderen Seite am Fuß der Wand entlang bis dorthin, wo sie sich aus dem flachen Land erhob. Dann kehrte sie zur Höhle zurück und kroch durch den schmalen Eingang hinein. Sie mußte etwa drei Fuß kriechen, dann weitete sich die Höhle zu einem Raum von nahezu sechs Fuß im Durchmesser. Die Decke war dicht über ihrem Kopf, der Raum trocken und behaglich. Sie untersuchte ihn mit peinlicher Sorgfalt, während Einauge im Eingang stand und geduldig wartete. Sie senkte den Kopf und begann, die Nase dicht über dem Boden auf einen Punkt gerichtet, sich mehrere Male um diesen Punkt zu drehen. Dann streckte sie sich und blieb so liegen, den Kopf dem Eingang zugewandt. Einauge schaute ihr zu, die Ohren aufmerksam gespitzt, und sie sah, daß er gutmütig mit dem Schwanze wedelte. Ihre eigenen Ohren legte sie zurück, öffnete die Schnauze und ließ die Zunge heraushängen, um zu zeigen, wie glücklich und zufrieden sie war.

Einauge wurde hungrig. Er lag im Eingang und schlief. Doch sein Schlaf war unruhig. Er wachte auf und blickte hinaus in die helle Welt, wo die Aprilsonne gegen den Schnee anging. Wenn er wieder einschlief, schlug an sein Ohr das schwache Wispern und Tröpfeln von Schmelzwasser. Er fuhr dann auf und lauschte hinaus. Die Sonne war wiedergekehrt, und das ganze erwachende Nordland rief nach ihm! Das Leben regte sich. Ein Hauch von Frühling lag in der Luft, ein Hauch des beginnenden Lebens unter dem Schnee. Der Saft stieg in den Bäumen hoch, und die eisernen Fesseln des Frostes wurden gesprengt.

Er warf seiner Gefährtin bittende Blicke zu, aber sie hatte

kein Verlangen danach, aufzustehen. Er blickte wieder hinaus und sah einige Schneehühner vorbeiflattern. Er wollte aufstehen, drehte sich aber wieder nach seiner Gefährtin um, rollte sich zurecht und schlief weiter.

Ein schrilles und eintöniges Summen drang an sein Ohr. Ein paarmal fuhr er sich mit der Pfote im Halbschlaf über die Nase, dann wachte er auf. Eine Mücke summte um seine Nase. Es war eine ausgewachsene Mücke, eine von denen, die, an einem Stück Holz festgefroren, den langen Winter zugebracht und die die Sonnenstrahlen jetzt aufgetaut hatten. Einauge konnte dem Ruf der Welt nicht länger widerstehen, außerdem war er hungrig.

Er kroch zu seiner Gefährtin ins Innere der Höhle und versuchte, sie zu überreden aufzustehen. Aber sie knurrte ihn nur an, und so trottete er allein hinaus in den hellen Sonnenschein. Er fand den Schnee weich, das Laufen anstrengend. Er ging auf den zugefrorenen Fluß zu, wo der Schnee im Schatten der Bäume noch fest und wie aus Kristall war, streifte acht Stunden umher und kam in der Dunkelheit hungriger zurück, als er beim Aufbruch gewesen war. Einauge hatte zwar Wild gesehen, aber es war ihm entwischt. Er war durch die tauende Schneekruste gebrochen, während die Kaninchen, leichtfüßig wie immer, darüber hinweggehuscht waren.

Am Eingang der Höhle blieb er mißtrauisch stehen. Fremde Töne drangen von innen an sein Ohr. Diese Töne kamen nicht von seiner Gefährtin, und dennoch kamen sie ihm bekannt vor. Er kroch vorsichtig hinein, aber von innen drang ihm ein warnendes Knurren der Wölfin entgegen. Er nahm dies gelassen hin und hielt sich in einiger Entfernung von ihr. Aber die fremden Töne, dieses schwache, unbestimmte Schmatzen, erregte seine Neugier.

Die Gefährtin knurrte wieder, und er kroch zum Eingang zurück und legte sich dort schlafen. Als es Morgen geworden war und ein fahles Licht die Höhle erhellte, begann er erneut, nach der Ursache der seltsam vertrauten Töne zu forschen. Ein neuer Ton schwang in dem warnenden Geknurr seiner Gefährtin, etwas von Eifersucht schwang mit, und er hielt sich in respektvoller Entfernung. Trotzdem entdeckte er zwischen ihren Beinen fünf seltsame lebende Wesen, sehr schwach und hilflos. Sie gaben diese wimmernden Töne von sich. Ihre Augen waren noch geschlossen. Er war überrascht. Es war nicht das erste Mal in seinem langen Leben, daß sich dieses ereignete. Er hatte es schon oft mitgemacht, aber jedes Mal war es eine neue Überraschung für ihn.

Seine Gefährtin beobachtete ihn ängstlich. Ab und zu knurrte sie ein wenig, und dann, wenn er nach ihrer Meinung zu nahe herankam, wurde ihr Knurren lauter und drohender. Aus ihrer eigenen Erfahrung besaß sie keine Erinnerung an das, was sich da ereignet hatte, aber ihr Instinkt, die Erfahrung aller Wölfinnen, gemahnte sie daran, daß es Väter gab, die ihre neugeborene und hilflose Nachkommenschaft auffraßen. Dieser Instinkt äußerte sich so stark in ihr, daß sie Einauge daran hinderte, seine Nachkommenschaft aus allzu großer Nähe zu betrachten.

Doch diese Gefahr bestand nicht. Einauge fühlte einen Trieb, der von allen Wolfsvätern vor ihm auf ihn gekommen war. Er dachte nicht darüber nach, sondern er gehorchte diesem Trieb, kehrte seiner Familie den Rücken und machte sich auf, Nahrung für sich und die Seinen zu beschaffen.

Etwa neun Kilometer entfernt wurde der Fluß durch einen Berg in zwei Arme geteilt. Hier fand Einauge eine frische Spur. Er beroch sie und fand sie so frisch, daß er sich hinlegte und in die Richtung sah, in der sie sich verlor. Dann wandte er sich gleichmütig um und folgte dem rechten Flußarm. Die frischen Spuren waren größer als seine eigenen, und er wußte, daß von einer solchen Spur wenig für ihn zu erwarten war.

Eine halbe Meile weiter vernahm er das Geräusch nagender Zähne. Er schlich langsam auf das Geräusch zu und stieß auf ein Stachelschwein, das aufgerichtet vor einem Baum stand und die Rinde bearbeitete. Einauge näherte sich vorsichtig, aber ohne Hoffnung. Er kannte diese Sorte, obwohl er bisher noch kein Stachelschwein so weit im Norden angetroffen hatte, und noch niemals in seinem langen Leben hatte sich ein Stachelschwein von ihm fressen lassen. Aber er hatte gelernt, daß es so etwas wie einen Zufall gab, und er fuhr fort, sich anzuschleichen. Es ließ sich nicht vorhersagen, was sich ereignen würde. Bei lebenden Wesen lief immer alles anders ab, als man es erwartet hatte.

Das Stachelschwein rollte sich plötzlich zu einem Ball zusammen und streckte lange, scharfe Nadeln in alle Richtungen. An einen Angriff war nicht zu denken. In seiner Jugend war Einauge einmal einem solchen anscheinend leblosen Stachelball zu nahe gekommen. Da hatte ihm dessen Schwanz plötzlich ins Gesicht geschlagen. Ein Stachel war in seiner Schnauze stecken geblieben, wo er wochenlang höllisch geschmerzt hatte, bis er endlich herausgeeitert war. So legte sich Einauge friedlich hin, in einer angenehm gekrümmten Lage, seine Nase ein ganzes Stück von dem Tier entfernt und außerhalb der Reichweite des gefährlichen Schwanzes. So wartete er und rührte sich nicht. Es konnte ja irgend etwas geschehen. Das Stachelschwein konnte sich aufrollen, dann hatte er die Möglichkeit, ihm die Zähne rasch und tief in den ungeschützten Leib zu stoßen.

Aber nach einer halben Stunde erhob er sich, knurrte wütend den reglosen Ball an und trabte weiter. Er hatte zu oft in der Vergangenheit vergeblich darauf gewartet, daß sich ein Stachelschwein aufrollen würde, um noch mehr Zeit zu verlieren. Er trabte weiter den rechten Flußarm hinauf.

Der Tag verging, und keine Beute belohnte seinen Jagdeifer.

Der eben erwachte Instinkt seiner Verpflichtungen als Vater war mächtig. Er mußte Nahrung beschaffen. Am Nachmittag stieß er auf ein Schneehuhn. Einauge kam gerade aus einer Dichtung und sah sich plötzlich dem einfältigen Vogel gegenüber. Er saß auf einem Baumstumpf unmittelbar vor seiner Nase. Einer sah den anderen an. Der Vogel wollte auffliegen, aber Einauges Pfote traf ihn und schlug ihn zu Boden. Dann sprang der Wolf auf den Vogel zu und packte ihn mit den Zähnen, als er versuchte, über den Schnee zu laufen und aufzufliegen. Als seine Zähne sich in das saftige Fleisch und in die weichen Knochen gruben, begann der Wolf automatisch zu fressen, doch dann erinnerte er sich an seine Vaterpflichten, machte kehrt und lief heim, den Vogel im Maul.

Einen Kilometer oberhalb der Flußgabelung, als er vorsichtig wie auf Samtpfoten dahintrabte, stieß er wieder auf die Spur des Tieres, das größere Pfoten hatte als er selbst. Da die Spur in seiner Richtung verlief, folgte er ihr und bereitete sich darauf vor, den Urheber an jeder Biegung des Flusses zu entdecken.

Er blickte um eine Felsecke, wo eine ungewöhnlich große Flußschleife begann, und seine Augen gewahrten etwas, das ihn veranlaßte, leise zurückzukriechen. Vor ihm stand die Urheberin der Spuren, eine große Luchsin. Sie war herangeschlichen, wie Einauge herangeschlichen war, und vor ihr lag der zusammengerollte Stachelball. Hatte er vorher einem gleitenden Schatten geglichen, glich er nun dem Schatten eines Schattens, als er sich an das regungslose, lautlose Paar heranschob.

Er lag im Schnee, legte das Schneehuhn neben sich und spähte durch die Zweige eines Buchengebüsches auf das Schauspiel vor sich, wo die Luchsin wartete, wo das Stachelschwein wartete. Beide hingen am Leben. Und das war das Seltsame daran, daß für den einen das Leben darin bestand, den anderen zu fressen, und für den anderen darin, nicht gefressen zu werden. Einauge kauerte in seinem Versteck, spielte in dem Drama mit und wartete auf einen glücklichen Zufall, der ihm vielleicht eine unerwartete Beute bescheren würde.

Eine halbe Stunde verging, dann noch eine, und nichts geschah. Der Stachelball hätte ein Stein sein können, so wenig bewegte er sich. Die Luchsin war vielleicht zu Stein gefroren und Einauge vielleicht scheintot. Aber alle drei Tiere lebten, und sie waren selten so voller Leben gewesen wie jetzt, in ihrer scheinbaren Leblosigkeit.

Einauge bewegte sich etwas, und seine Spannung stieg. Jetzt endlich geschah etwas. Das Stachelschwein war überzeugt, sein Feind sei verschwunden. Langsam, vorsichtig rollte sich der unverletzbare Panzer auf. Kein Instinkt warnte. Langsam, unendlich langsam verlängerte sich der Ball. Einauge schaute zu, und Speichel tropfte ihm unwillkürlich aus der Schnauze, veranlaßt durch den Anblick dieses lebenden Fleisches, das sich wie eine Mahlzeit vor ihm ausbreitete.

Noch ehe sich das Stachelschwein ganz aufgerollt hatte, entdeckte es seinen Feind. In diesem Augenblick schlug die Luchsin zu. Die Pfote mit den messerscharfen Krallen schlug in den weichen Bauch und fuhr blitzschnell zurück. Wäre das Stachelschwein völlig aufgerollt gewesen, oder hätte es seinen Feind nicht den Bruchteil einer Sekunde, ehe der Schlag ausgeführt wurde, entdeckt, die Pfote wäre heil davongekommen, doch beim Zurückziehen trafen sie die Stacheln des Schwanzes.

Das alles war in einem einzigen Augenblick geschehen, der Schlag, der Gegenschlag, der Todesschrei des Stachelschweins, das Aufheulen der großen Katze bei der plötzlichen, überraschenden Verwundung. Einauge sprang vor Erregung auf, die Ohren gespitzt, den Schwanz steif und hin und her schlagend. Die Luchsin verlor jede Beherrschung. Wütend sprang sie das Ding an, das sie verletzt hatte. Aber das Stachelschwein, grunzend und quiekend, machte trotz seines aufgeschlitzten Leibes den Versuch, sich zum schützenden Ball zusammenzurollen, und schlug erneut mit dem Schwanz aus, und wieder schrie die große Katze vor Überraschung und Schmerz auf. Dann zog sie sich schnaufend zurück, mit einer Nase, die einem besteckten Nadelkissen glich. Sie fuhr mit ihren Pfoten über die Nase, um die feurigen Pfeile zu entfernen, stieß sie in den Schnee, rieb sie an den Ästen und Zweigen und lief ziellos umher, kreuz und quer, dahin und dorthin, in rasendem Schmerz und fürchterlicher Angst.

Sie schnaufte ununterbrochen, und ihr Schwanz schlug nach allen Seiten. Endlich gab sie das wütende Treiben auf und legte sich für eine Weile nieder. Einauge beobachtete alles, aber selbst er fuhr zusammen und seine Haare sträubten sich, als die Luchsin plötzlich aufsprang, einen gewaltigen Satz in die Luft tat und dabei einen langen, schrecklichen Schmerzensschrei ausstieß. Dann sprang sie davon, aber bei jedem Satz schrie sie wieder auf.

Erst als ihre Schreie in der Ferne leiser geworden und schließlich ganz erstorben waren, wagte sich Einauge hervor. Er ging so vorsichtig, als sei der ganze Schnee mit Stachelschwein-Pfeilen gespickt. Das Stachelschwein begann, wütend zu grunzen und mit dem Schwanz um sich zu schlagen, als er sich näherte. Es hatte versucht, sich zur Kugel zusammenzurollen, aber es war nicht ganz ein geschlossener Ball geworden, dazu waren die Muskeln zu schwer verletzt. Das Tier blutete stark.

Einauge verschlang ganze Stücke des blutgetränkten Schnees. Das regte den Appetit an, sein Hunger wurde immer stärker, aber er lebte zu lange in dieser Welt, um seine Vorsicht außer acht zu lassen. Er wartete. Er legte sich hin und wartete, während das Stachelschwein seine Zähne zeigte, jämmerlich grunzte und stöhnte und dann und wann schrill quiekte. Nach einer Weile stellte Einauge fest, daß die Stacheln umfielen und ein Zittern den ganzen Körper durchlief. Plötzlich hörte auch das auf. Noch einmal klappten die Zähne aufeinander, dann hatten sich alle Stacheln umgelegt. Der Körper streckte sich aus und rührte sich nicht mehr.

Mit unruhigen Pfoten streckte Einauge das Stachelschwein zu seiner vollen Länge aus und drehte es auf den Rücken. Nichts war ihm dabei geschehen. Also war es tot! Er untersuchte es gründlich, dann packte er es vorsichtig mit den Zähnen und folgte dem Flußlauf. Teils trug, teils schleppte er das Stachelschwein, den Kopf zur Seite gedreht. Er paßte gut auf, um ja nicht auf das stachelbewehrte Fleisch zu treten. Plötzlich fiel ihm etwas ein. Er legte seine Last ab und trabte zu dem Schneehuhn zurück. Einauge zögerte nicht einen Augenblick. Er wußte genau, was er zu tun hatte, und er tat es sofort und . . . fraß das Schneehuhn auf. Dann lief er zurück und nahm seine Last wieder auf.

Als er die Jagdbeute eines ganzen Tages in die Höhle geschleppt hatte, besah die Wölfin sie, dann wandte sie ihm ihre Schnauze zu und leckte ihn sanft am Hals. Aber gleich darauf jagte sie ihn mit einem Knurren von den Jungen fort, freilich weniger scharf als vorher. Es war wohl mehr Gewohnheit als Drohung. Ihre instinktive Furcht vor dem Vater der Jungen legte sich. Er hatte sich ja wie ein richtiger Wolfsvater benommen und nicht die geringste Gier gezeigt, das junge Leben, das ihm seine Existenz verdankte, zu vernichten . . .

Eines der Jungen war anders als seine Brüder und Schwestern. Deren Fell zeigte schon den rötlichen Schimmer, den sie von ihrer Mutter, der Wölfin, geerbt hatten. Eines allein war in dieser Beziehung nach dem Vater geraten, eines war als einziges des Wurfes grau. Es war der echte Sproß seines Vaters, des alten Einauges, mit der einzigen Ausnahme, daß es zwei Augen besaß.

Die Augen des kleinen grauen Wolfes waren noch nicht lange offen, als er schon alles scharf und klar erkannte. Als sie noch geschlossen gewesen waren, hatte er schon gefühlt, geschmeckt, gerochen. Er kannte seine beiden Schwestern und seine beiden Brüder sehr gut. Er hatte sich mit ihnen gebalgt, steif und ungeschickt, sich schon gestritten und sogar geknurrt, wenn er wütend wurde. Allerdings war dabei aus seiner kleinen Kehle nur ein rasselnder, drolliger Ton gekommen. Und lange, ehe sich seine Augen öffneten, hatte er seine Mutter kennengelernt, eine Quelle der Wärme, der Nahrung und der Zärtlichkeit. Sie besaß eine liebkosende Zunge, die ihm wohltat, wenn sie über seinen kleinen, weichen Körper fuhr. Wenn er schlafen wollte, schmiegte er sich eng an sie.

Den größten Teil des ersten Monats seines Lebens hatte er schlafend verbracht, aber nun konnte er sehen, und er blieb länger wach und begann, die Welt, die ihn umgab, kennenzulernen. Diese Welt war die des Halbdunkels, aber er wußte das nicht, denn er kannte keine andere Welt. Seine Welt war sehr klein. Ihre Grenzen waren die Wände der Höhle, doch da er keine Ahnung von der Weite der Welt hatte, störte ihn die Enge nicht.

Schon früh hatte er erkannt, daß eine Wand der Höhle anders war als die anderen. Das war die Wand mit der Öffnung der Höhle, mit der Lichtquelle. Sie zog ihn unwiderstehlich an, sogar schon, als er noch die Augen geschlossen hatte und nicht zu ihr hinsehen konnte. Ihr Licht hatte seine geschlossenen Augenlider getroffen, und seine Sehnerven hatten auf das Licht und die Farben reagiert.

Bereits sehr früh, noch ehe sein bewußtes Leben begonnen hatte, war er zum Eingang der Höhle gekrochen, und seine Brüder und Schwestern taten dies wie er. Das Licht zog sie mit unwiderstehlicher Gewalt an. Als sie älter wurden, nahm das noch zu. Unentwegt krochen sie darauf zu, und ihre Mutter mußte sie immer wieder zurückholen.

Dabei lernte der graue kleine Wolf auch andere Eigenschaften seiner Mutter kennen als ihre weiche, zärtliche Zunge. Bei seinem ständigen Kriechen zum Licht lernte er ihre Schnauze kennen, die ihn mit einem kräftigen Puff zurückstieß, und später dann ihre Pfote, die ihn umwarf und hin und her rollte. So lernte er den Schmerz kennen und wie man ihn vermied, vor allem dadurch, daß man auswich und sich zurückzog. Das waren bewußte Handlungen, und sie waren das Ergebnis von Erfahrungen.

Er war ein wilder kleiner Wolf. Auch seine Geschwister waren so, denn sie waren ja die Jungen fleischfressender Tiere. Die Milch, die er vom ersten Tag seines Lebens an einsog, hatte Fleisch als Grundlage. Jetzt war er einen Monat alt und begann, selber Fleisch zu fressen, halbverdautes Fleisch, das die Wölfin als Nahrung für die Jungen ausspie, weil ihre Muttermilch für die heranwachsenden Kleinen nicht mehr ausreichte.

Er war der Wildeste des Wurfes. Er konnte lauter knurren als seine Geschwister, und er hatte mehr Temperament als sie. Er begriff als erster, wie man andere Junge beim Ohr packen und durch einen geschickten Schlag mit der Pfote umwerfen konnte. Er machte es seiner Mutter immer schwerer, ihn vom Eingang der Höhle fernzuhalten, denn die geheimnisvolle Anziehungskraft des Lichtes auf den grauen kleinen Wolf nahm von Tag zu Tag zu. Ständig war er darauf aus, am Eingang der Höhle auf Abenteuer auszugehen, und ebenso ständig wurde er zurückgetrieben. Er wußte keineswegs, daß es der Eingang war, denn er hatte keine Ahnung, daß es so etwas wie Eingänge gab, durch die man von einem Ort zu einem anderen kam. Er wußte auch nichts von anderen Orten. Für ihn war der Eingang eine Wand aus Licht. Was die Sonne für die war, die draußen wohnten, war für ihn diese Wand, die Sonne seines Lebens.

Es war etwas höchst Geheimnisvolles um diese Wand. Sein Vater — er hatte längst erkannt, daß sein Vater als einziger jenseits dieser Wand lebte, ein Geschöpf ähnlich seiner Mutter, das im Licht schlief und Fleisch brachte —, sein Vater also hatte die Gewohnheit, mitten in die weiße Wand hineinzugehen und zu verschwinden. Der kleine Wolf konnte dies nicht verstehen. Obwohl ihm seine Mutter nie erlaubt hatte, sich dieser Wand zu nähern, hatte er sich oft genug den anderen Wänden genähert und einen harten Widerstand an seiner tastenden Nase gefühlt. Das tat weh. Nach einigen Versuchen kümmerte er sich nicht mehr um die Wände.

Ohne darüber nachzudenken, nahm er es als eine Eigenschaft seines Vaters hin, in einer Wand verschwinden zu können, so wie Milch und Fleisch Eigenschaften seiner Mutter waren.

Der junge Wolf konnte nicht denken, wie Menschen denken. Sein Gehirn war dumpf, aber seine Erfahrungen hafteten so scharf und klar, wie dies bei Menschen der Fall ist. Er nahm die Dinge wahr, ohne sich um das Warum und Wie zu kümmern.

Als er mit der Nase einige Male gegen die Wand gestoßen war, nahm er es als gegeben hin, daß er nicht in der Wand verschwinden konnte. Ebenso nahm er es hin, daß sein Vater in Wänden verschwinden konnte. Der Unterschied machte ihm keinerlei Kummer. Es war eben so!

Wie die meisten Geschöpfe der Wildnis machte er schon frühzeitig mit dem Hunger seine Erfahrungen. Es kam eine Zeit, wo es nicht nur an Fleisch fehlte, auch die Milchquelle versiegte. Zuerst wimmerten die Jungen, aber meistens schliefen sie, denn der Hunger erzeugt Schlafsucht. Sie hörten auf, zu spielen und sich zu zanken. Auch die weiße Wand verlor ihre Anziehungskraft. Sie schliefen, während das Leben nur noch schwach in ihnen flackerte und beinahe verlöschte.

Einauge war verzweifelt. Er streifte weit herum und schlief nur noch selten in der Höhle, die nun freudlos und elend geworden war. Auch die Wölfin verließ die Höhle und beteiligte sich an der Jagd auf Fleisch. In den ersten Tagen nach der Geburt des Wurfes war Einauge mehrmals in der Nähe des Indianerlagers gewesen und hatte Kaninchen aus den Schlingen geraubt, aber die Indianer waren fortgezogen, als der Schnee getaut und die Flüsse eisfrei waren, und so war auch diese Quelle versiegt.

Als der graue kleine Wolf wieder zum Leben erwachte und sich neuerlich für die weiße Wand interessierte, stellte er fest, daß sich die Umwelt verändert hatte. Nur eine Schwester war noch da, die anderen waren verschwunden. Als er größer und stärker wurde, sah er sich gezwungen, allein zu spielen, denn seine Schwester hob nicht einmal mehr den Kopf, noch lief sie umher. Er wurde durch das Fleisch, das nun endlich wieder vorhanden war, runder und größer, aber für die Schwester kam es zu spät. Sie schlief immerzu, ein hauchdünnes Etwas aus Haut und Knochen. Ihr Lebensflämmchen flackerte nur noch schwach, und schließlich verlosch es ganz.

Dann kam eine Zeit, da der kleine graue Wolf weder Vater noch Mutter kommen und gehen, noch im Eingang schlafen sah. Dies geschah in der zweiten Hungerzeit, die weniger schwer war. Einauge kam niemals zurück. Aber es gab keine Möglichkeit, dem kleinen Wolf zu berichten, was sie, die Mutter, gesehen hatte. Als sie auf Jagd nach Fleisch am linken Flußarm war, wo die Luchsin lebte, war sie der einen Tag alten Spur Einauges gefolgt, und sie hatte ihn gefunden, oder wenigstens das, was von ihm übrig geblieben war. Sie fand viele Spuren eines Kampfes, und sie fand auch die der Luchsin, die sie auf dem Weg zu ihrer Höhle hinterlassen hatte, nachdem sie den Kampf gewonnen hatte. Die Wölfin hatte auch die Höhle entdeckt. Aus sicheren Anzeichen erkannte sie, daß die Luchsin in ihrer Höhle war, aber die Wölfin wagte sich nicht hinein.

Von da an vermied sie bei ihrer Jagd den linken Flußarm, denn sie wußte, daß in der Höhle der Luchsin ein Wurf lag, und daß die Luchsin ein wildes, bösartiges Geschöpf war und ein furchtbarer Gegner. Ein halbes Dutzend Wölfe konnten eine Luchsin, so sehr sie auch fauchte, auf einen Baum treiben, aber es war etwas ganz anderes für einen einzigen Wolf, eine Luchsin anzugreifen, zumal wenn sie einen Wurf hungriger Jungen in ihrer Höhle hatte.

Aber Wildnis bleibt Wildnis und Mutterliebe Mutterliebe, und es sollte eine Zeit kommen, da die Wölfin sich um ihres Jungen willen auch am linken Flußarm hinauf bis zu der Höhle in den Felsen sagen sollte.

IV.

Herren des Urwalds

Die Mutter verließ jetzt oft die Höhle für ihre Jagdzüge. Das Junge hatte gelernt, sich von dem Eingang der Höhle fernzuhalten. Es tat dies nicht nur in Erinnerung an die harten Stöße, die es von der Nase und der Pfote der Mutter erhalten hatte. Auch sein wachsamer Instinkt riet ihm dazu. Niemals in seinem kurzen Höhlenleben hatte es sich irgend etwas gegenübergesehen, das es fürchten mußte, aber dennoch war die Furcht in ihm lebendig. Sie hatte sich durch tausend Geschlechter vererbt.

So kannte der kleine graue Wolf die Furcht, obwohl er nicht wußte, was sie war und woraus sie bestand. Wahrscheinlich nahm er sie als eine der Beschränkungen des Lebens hin, wie er schon einige kennengelernt hatte, zum Beispiel den Hunger und die harte Höhlenwand. Der scharfe Puff der Nase seiner Mutter, der harte Schlag ihrer Pfote, der Hunger, all dies hatte in ihm die Gewißheit geweckt, daß es nicht nur Freiheit gab, daß das Leben auch Schranken und Grenzen hatte. Diese Schranken und Grenzen hatte man zu beachten. Tat man dies, brauchte man keinen Schmerz zu leiden.

Er dachte nicht darüber nach, warum das so war. Er teilte die Dinge lediglich in solche ein, die Schmerz verursachten, und in solche, die keinen verursachten. Nach solchen Einteilungen vermied er die Dinge, die Schmerz verursachten, um sich am Leben zu erfreuen und seine angenehmen Seiten zu genießen.

Dies alles hatte ihm seine Mutter anerzogen, und deshalb blieb er dem Eingang der Höhle fern. Wenn seine Mutter auf Jagd war, schlief er die meiste Zeit, und wenn er ab und zu erwachte, dann verhielt er sich still und unterdrückte alles Winseln und jedes andere Geräusch.

Als er einmal wach lag, hörte er einen fremden Ton in der weißen Wand. Er wußte nicht, daß ein Vielfraß draußen stand und, über seine Kühnheit zitternd, vorsichtig den Inhalt der Höhle beschnupperte. Das Junge wußte lediglich, daß da ein unbekannter und deshalb unangenehmer Ton war. Das Haar auf seinem grauen Wolfsrücken sträubte sich, aber es sträubte sich schweigend. Die Furcht wurde von einem anderen Gefühl begleitet, dem, sich zu verstecken. Der kleine Wolf war wie gelähmt vor Angst, aber dennoch lag er regungs- und lautlos, wie versteinert oder sogar tot. Seine Mutter knurrte, als sie heimkam und die Spur des Vielfraßes roch, und sie leckte und liebkoste ihn zärtlicher als sonst. Das Junge fühlte, daß es einer großen Gefahr entgangen war.

Aber noch andere Kräfte waren in dem Jungen am Werk, vor allem sein dauerndes Wachstum. Instinkt und Erfahrung zwangen es, ihnen zu folgen. Seine Mutter und die Vorsicht hießen es, sich von der weißen Wand fernzuhalten. Aber Wachstum ist Leben, und Leben drängt zum Licht. Eines Tages wurden Furcht und Gehorsam hinweggefegt von dem Trieb des Lebens nach Licht, und der junge graue Wolf kroch zögernd auf den Eingang zu.

Ganz anders als die Wände, mit denen er Erfahrung hatte, schien sich diese Wand vor ihm zurückzuziehen, sobald er sich ihr näherte. An keine harte Fläche stieß seine kleine Nase, die er tastend vorstreckte. Die Wand war zu durchschreiten, und wie hell sie war!

Es war verwirrend! Die Furcht riet ihm, umzukehren, aber das andere in ihm zwang ihn vorwärts. Plötzlich stand er im Eingang der Höhle. Die Wand, oder das, was er dafür gehalten hatte, sprang plötzlich in eine unermeßliche Form zurück. Das Licht schmerzte. Ihm wurde von der weiten Ausdehnung der Welt schwindlig. Aber nach und nach gewöhnten sich seine Augen an das grelle Licht und paßten sich der vergrößerten Entfernung an. Er sah nun wieder die Wand, aber sie war jetzt entfernt. Und geändert hatte sie sich! Bäume an einem Fluß waren darauf, Berge, die sich steil über den Bäumen erhoben, und darüber der Himmel.

Wieder packte ihn große Angst. Es gab noch mehr von diesem schrecklichen Unbekannten. Er legte sich im Eingang der Höhle nieder und schaute in die Welt hinaus. Er hatte noch immer Angst, denn was unbekannt war, war feindlich. Deshalb war das Fell auf seinem Rücken noch immer gesträubt, und seine Lippen zogen sich nach oben. Unwillkürlich knurrte er grimmig und warnend. So schwach und ängstlich dieses Knurren auch war, er stellte sich mit ihm mutig dieser neuen, weiten Welt.

Nichts geschah. Er fuhr fort zu schauen, und vor Neugier vergaß er zu knurren. Ja, er vergaß sogar seine Furcht. Er begann, nahe Dinge wahrzunehmen, einen eisfreien Teil des Flusses, der im Sonnenschein glänzte, eine vom Sturm zerzauste Tanne am Ufer und das Ufer selbst, das bis zum Fels reichte und zwei Schritte vor dem Eingang der Höhle endete.

Der kleine graue Wolf hatte bisher nur auf flachem Grund gelebt. Er wußte nicht, wie sehr Fall schmerzen konnte. So trat er mutig in die freie Luft hinaus. Seine Hinterläufe hatten noch am Höhleneingang Halt, als er schon kopfüber hinunterzufallen begann. Die Erde versetzte ihm einen harten Schlag auf die Nase, so daß er aufwinselte. Dann rollte er den Abhang hinab. Eine fürchterliche Angst packte ihn.

Das Unbekannte hatte ihn in seiner Gewalt, und es war dabei, ihm schrecklichen Schmerz zuzufügen. Aller Mut wich von ihm, und er winselte wie ein verschrecktes Schoßhündchen.

Das Unbekannte trug ihn weiter, und er winselte und heulte unaufhörlich. Aber dann wurde der Hang sanfter und sein Grund war grasbedeckt. Als er hier liegenblieb, stieß er noch ein letztes Winseln aus, dann begann er, den trockenen Lehm, der ihn beschmutzt hatte, abzulecken, als sei das die selbstverständlichste Sache der Welt, als habe er sich schon tausendmal so gesäubert.

Dann setzte er sich und schaute sich um, so wie der erste Mensch, der auf dem Mond landet, es tun wird. Der junge Wolf war durch eine Mauer gedrungen. Das Unbekannte hatte ihn freigegeben, und nichts tat ihm weh! Aber der erste Mensch auf dem Mond würde weniger ihm Unbekanntes sehen, als der junge Wolf jetzt sah. Ohne jedes Wissen, ohne jede Vorankündigung, daß so etwas existiert, fand er sich plötzlich als Forscher in einer völlig neuen Welt.

Nun, da das Unbekannte ihn freigegeben hatte, vergaß er, daß das Unbekannte Schrecken barg. Die Dinge, die ihn umgaben, kamen ihm lediglich merkwürdig vor. Er untersuchte das Gras, den Moosbeerenbusch, der dicht neben ihm stand, und den roten Stamm der zerzausten Tanne am Ende der Lichtung. Ein Eichhörnchen, das um den Stamm lief und auf ihn zukam, jagte ihm Schrecken ein. Er kauerte sich hin und knurrte. Das Eichhörnchen war genauso erschrocken. Es lief den Baum hinauf und fauchte aus sicherer Höhe auf ihn hinab.

Das stärkte den Mut des kleinen Wolfes, und obwohl der Specht der ihm als nächstes Lebewesen begegnete, ihm noch einigen Schrecken einjagte, setzte er vertrauensselig seinen Weg fort. So groß war sein Vertrauen, daß er spielend die Pfote hob als ein Häher auf ihn zuhüpfte. Die Antwort des

Vogels war ein scharfer Hieb auf die Nase, so daß er sich hinkauerte und winselte. Dieses Geräusch war zuviel für den Häher. Er brachte sich aufflatternd in Sicherheit.

Der Wolf lernte daraus. Sein dumpfer Verstand hatte bereits unbewußt eine Einteilung vorgenommen. Es gab also Dinge, die lebten, und solche, die nicht lebten. Auf die Dinge, die lebten, mußte man Obacht geben. Die Dinge, die nicht lebten, blieben immer an einem Platz, aber das Lebendige bewegte sich, und man wußte nie, was es tun würde. Was man von ihm erwarten konnte, war das Unerwartete, und darauf mußte man vorbereitet sein.

Er streifte weiter, noch sehr ungeschickt. Er lief gegen Stecken und andere Dinge. Ein Zweig, den er noch für weit entfernt hielt, schlug ihm im nächsten Augenblick auf die Nase und ratschte an seinen Rippen entlang. Es gab Unebenheiten im Boden. Manchmal überschlug er sich und stieß sich an der Nase. Oft fiel er über seine eigenen Füße. Dann rutschten wieder Kiesel und Brocken unter ihm, wenn er auf sie trat, und daraus lernte er, daß auch leblose Dinge nicht immer an ihrem Platz blieben, wie es in seiner Höhle gewesen war, und daß kleine leblose Dinge beweglicher waren als große und schwere. Aus jedem Mißgeschick lernte er. Er paßte sich an, er lernte, seine Bewegungen zu berechnen, Entfernungen zwischen sich und Dingen richtig zu schätzen.

Er hatte das Glück des Anfängers. Als Fleischfresser geboren — er wußte nicht mal, daß er einer war — stieß er auf Fleisch, kaum, daß er seine Höhle verlassen hatte. Durch ein Stolpern fiel er mitten in das geschickt versteckte Nest eines Schneehuhns. Er hatte versucht, auf dem Stamm einer umgefallenen Tanne zu laufen. Die morsche Rinde hatte unter seinen Füßen nachgegeben, und winselnd rutschte er die Rundung des Stammes hinab, schlug durch die Zweige eines Busches und landete mitten unter sieben

Schneehuhnküken. Sie piepsten, und darüber war er zuerst erschrocken. Dann sah er, wie klein sie waren, und das machte ihn mutiger. Sie bewegten sich. Er legte seine Pfote auf ein Küken, und sofort lag es still. Das machte ihm Spaß. Er beroch es und nahm es ins Maul. Es zappelte und kitzelte seine Zunge. Im selben Augenblick fühlte er, daß er hungrig war. Seine Kiefern klappten zusammen. Die zarten Knochen des Kükens zerbrachen, und warmes Blut rann in sein Maul. Es schmeckte ihm. Das war Fleisch, solches, wie es ihm seine Mutter gab, aber es war noch lebendig und deshalb besser. So fraß er das Schneehuhnküken, und er hörte nicht eher auf, als bis er die ganze Brut verschlungen hatte. Dann leckte er das Maul in der Art, wie es seine Mutter tat, und er begann, aus dem Busch zu kriechen.

Plötzlich geriet er in einen Wirbelwind von Federn. Er war überrascht und geblendet durch die Schnelligkeit und den Schlag von wütenden Flügeln. Er verbarg seinen Kopf zwischen den Pfoten und winselte. Die Schläge hörten nicht auf, das Schneehuhn war in fürchterlicher Wut. Da wurde auch er wütend. Er sprang auf, knurrte und schlug mit seinen Pfoten. Er schlug seine Zähne in den einen der Flügel und zerrte an ihm. Das Schneehuhn schlug mit dem freien Flügel weiter auf ihn ein. Es war sein erster Kampf, und er war begeistert. Er vergaß darüber das Unbekannte. Er hatte vor nichts mehr Angst. Er wagte, gegen etwas Lebendes zu kämpfen, das auf ihn einschlug. Es war Fleisch, und die Lust zu töten, erwachte in ihm. Er hatte gerade kleine lebende Dinge vernichtet, nun wollte er ein großes lebendes Ding vernichten.

Er hielt den Flügel fest und knurrte zwischen den zusammengebissenen Zähnen. Das Schneehuhn zerrte ihn aus dem Busch heraus. Die ganze Zeit über machte es ein fürchterliches Geschrei und schlug mit den Flügeln um sich, daß die Federn nur so flogen. Der junge Wolf wurde immer erregter. Das kämpferische Blut seiner Rasse pulste in den Adern. So war das Leben, aber er wußte es nicht. Er war dabei, seinen Auftrag zu erfüllen, für den er geschaffen war, Fleisch im Kampf zu töten und es zu fressen.

Nach einiger Zeit hörte das Schneehuhn auf zu kämpfen. Er hielt noch seinen Flügel fest, und sie lagen beide auf dem Boden und blickten einander an. Er versuchte, drohend zu knurren. Da versetzte das Huhn ihm einen Hieb auf die Nase, der sehr schmerzte, zumal seine Nase noch von den kürzlich erlittenen Zwischenfällen verletzt war. Er versuchte, von ihm wegzukommen, aber vergaß dabei, daß er noch den Flügel festhielt, und so zerrte er es hinter sich her. Ein Hagel von Schlägen traf seine Nase. Der Mut verließ ihn. Er ließ seine Beute fahren, zog den Schwanz ein und lief quer über die Lichtung, eine schmachvolle Flucht.

Am jenseitigen Rande der Lichtung legte er sich in der Nähe der Büsche nieder. Die Zunge hing ihm aus dem Maul, seine Brust hob und senkte sich, die Nase tat ihm weh und veranlaßte ihn, vor sich hinzuwinseln. Plötzlich, als er so dalag, hatte er das Gefühl, als käme etwas Schreckliches auf ihn zu. Instinktiv sprang er in den Schutz der Büchse zurück. Er spürte einen Luftzug, und ein großer, geflügelter Körper flog vorbei. Ein Habicht war aus dem blauen Himmel auf ihn herabgestoßen und hatte ihn knapp verfehlt!

Während er im sicheren Busch lag, sich von seinem Schrecken erholte und ängstlich um sich blickte, sah er, wie das Schneehuhn auf der anderen Seite der Lichtung auf dem zerstörten Nest herumflatterte. Es gab keine Obacht auf den gefederten Pfeil am Himmel. Der junge Wolf aber sah, wie der Habicht herabstieß und seine Fänge in den Körper des Schneehuhns schlug. Das war für den Wolf zugleich Warnung und Lehre. Das Schneehuhn schrie in Todesangst auf, und der Habicht trug seine Beute mit sich fort.

Erst nach langer Zeit verließ der junge Wolf sein Versteck. Er hatte viel gelernt. Lebende Dinge waren Fleisch, sie waren gutes Futter. Aber es war besser, kleine lebende Dinge wie Schneehuhnküken zu verzehren und große lebende Dinge, wie Schneehühner, in Ruhe zu lassen. Trotzdem fühlte er den Ehrgeiz, das brennende Verlangen, noch einmal mit dem Schneehuhn zu kämpfen, doch der Habicht hatte es davongetragen. Vielleicht gab es noch andere Schneehühner. Er wollte weitergehen und es erforschen ...

Er ging den flachen Hang zum Fluß hinunter. Nie zuvor hatte er Wasser gesehen. Sicherlich ließ sich gut darauf gehen, denn es hatte nicht die kleinsten Unebenheiten in seiner Oberfläche. Mutig trat er auf das Wasser, ging sofort unter und winselte vor Angst, denn wieder war ihm das Unbekannte begegnet. Es war kalt, und er atmete heftig. Statt Luft strömte Wasser in seine Lunge. Er erfuhr, wie es ist, wenn man erstickt, und das war fast schon der Tod. Er wußte nicht, was der Tod war, aber wie jedes Tier hatte er dafür einen Instinkt. Der Tod war das Unbekannte höchstpersönlich, er war die Summe aller Schrecken des Unbekannten, das einzige unausdenkbare Unglück, das sich ereignen konnte, von dem er nichts wußte und von dem er doch das Schlimmste befürchtete.

Er kam wieder an die Oberfläche, und die Luft drang süß in sein offenes Maul. Er ging nicht wieder unter. Ganz so, als sei es eine lang geübte Handlung, bewegte er seine Läufe und begann zu schwimmen. Der Fluß war nun schmal, aber gerade hier verbreiterte er sich zu einem Becken von ziemlicher Breite.

Da ergriff ihn die Strömung und trug ihn mit sich fort. Er wurde in einen kleinen Strudel gerissen und konnte nicht mehr schwimmen. Manchmal war er über, manchmal unter der Oberfläche, und immer war er in heftiger Bewegung, wurde hin und her und gegen einen Felsen geworfen.

Unterhalb der Wirbel war ein zweites Becken. Hier wurde er von der kreisenden Strömung erfaßt, an das Ufer getragen und sanft auf den kiesigen Grund gesetzt. Von panischem Schrecken gefaßt, kroch er aus dem Wasser und legte sich hin. Wieder hatte er etwas über die Welt erfahren. Wasser war nicht lebendig, aber es bewegte sich trotzdem. Es sah so fest wie Erde aus, aber ihm fehlte alle Festigkeit. Er erkannte, daß die Dinge nicht immer so waren, wie sie zu sein schienen. Die Furcht des jungen Wolfes vor dem Unbekannten war ererbtes Mißtrauen gewesen, jetzt war es durch Erfahrung erhärtet. Von jetzt an würde er, wie die Dinge lagen, gegen den Anschein mißtrauisch sein. Erst mußte man die Natur der Dinge kennen, ehe man ihnen vertrauen konnte.

Noch ein weiteres Abenteuer war ihm an diesem Tage bestimmt. Er hatte sich daran erinnert, daß es etwas wie eine Mutter gab. Nun fühlte er, daß er sich mehr nach ihr sehnte als nach allem anderen in der Welt. Nicht nur sein Körper war von den Abenteuern erschöpft, auch sein kleines Gehirn war es. In all den Tagen, die er schon lebte, hatte er nicht so viel leisten müssen wie an diesem einzigen Tag. Außerdem war er müde. So machte er sich auf, die Höhle und die Mutter zu suchen, denn plötzlich fühlte er sich allein und hilflos.

Er kroch zwischen einigen Büschen, als er einen scharfen, warnenden Schrei hörte. Etwas Gelbes schoß vor seinen Augen durch die Luft. Dann sah er ein Wiesel fortspringen. Da es nur ein kleines lebendes Etwas war, hatte der junge Wolf keine Angst. Da gewahrte er nahe vor sich ein außergewöhnlich kleines lebendes Ding, nur einige Zentimeter lang, ein junges Wiesel, das — ungehorsam wie er selbst — auf Abenteuer ausgegangen war. Es versuchte zu fliehen, doch der junge Wolf drehte es mit seiner Pfote auf den Rücken. Es gab komische schrille Töne von sich. Im nächsten Augenblick tauchte der gelbe Schatten wieder auf. Der junge Wolf hörte wieder den warnenden Schrei. Im selben Augenblick empfing er einen harten Schlag am Hals und fühlte die scharfen Zähne des Wiesels in sein Fleisch dringen.

Er winselte laut und sprang rückwärts. Da sah er, wie das Wiesel das Junge in das Maul nahm und mit ihm im nahen Dickicht verschwand. Der Biß der Zähne in seinem Hals schmerzte, aber noch tiefer war sein Stolz verletzt, und er setzte sich hin und winselte kläglich. Dieses Wiesel war so klein und dabei so wild. Er mußte erst noch lernen, daß das Wiesel, so klein es ist, doch der wildeste, blutgierigste und schlimmste aller Mörder der Wildnis ist. Aber diese Einsicht stand ihm unmittelbar bevor!

Er winselte noch, als das Wiesel wieder erschien. Diesmal schoß es nicht auf ihn zu, denn sein Junges war ja in Sicherheit. Es näherte sich sehr vorsichtig, und der junge Wolf hatte ausgiebig Gelegenheit, den schlanken, schlangenähnlichen Körper und den spitzen, ebenfalls schlangenähnlichen Kopf des Wiesels zu betrachten. Der scharfe Schrei des Mörders ließ ihn das Haar auf dem Rücken sträuben. Er knurrte warnend. Das Wiesel kam näher und näher ..., dann ein Sprung, schneller als der ungeübte Blick des Wolfes ihn erfassen konnte, und der gelbe Körper verschwand für einen Augenblick aus dem Blickfeld. Im nächsten Augenblick hing er an seiner Kehle und schlug die Zähne tief in Fell und Fleisch.

Zuerst knurrte der junge Wolf und versuchte zu kämpfen, aber er war noch sehr jung, und dies war sein erster Tag in der Welt. Sein Knurren wurde ein Wimmern, und sein Kampf endete in Flucht. Das Wiesel aber lockerte den Biß nicht. Es hing fest und versuchte, mit seinen Zähnen die große Schlagader zu erreichen, in der sein Lebensblut pulste. Das Wiesel trank gern Blut, am liebsten aus einer Ader, die noch schlug.

Mit dem jungen Wolf wäre es wohl aus und seine Geschichte zu Ende gewesen, wenn nicht die Wölfin durch das Gebüsch herbeigesprungen wäre. Das Wiesel ließ sogleich das Junge fahren und sprang nach der Kehle der Wölfin . . . aber es traf nur die Kinnladen. Die Wölfin warf ihren Kopf hoch, wie man eine Peitschenschnur in die Luft schlägt . . . das Wiesel konnte sich nicht halten und flog hoch in die Luft. Dann, noch in der Luft, schlossen sich die Kinnladen um den schlanken, gelben Leib, und das Wiesel fand zwischen den Zähnen der Wölfin sein Ende.

Nun lernte der junge Wolf von seiner Mutter einen neuen Zug überströmender Zärtlichkeit kennen. Ihre Freude, daß sie ihn wiedergefunden hatte, schien sogar noch größer zu sein als seine Freude, daß er sie gefunden hatte. Sie rieb zärtlich die Nase an ihm, liebkoste ihn und leckte die Wunden, die ihm die Zähne des Wiesels zugefügt hatten. Dann fraßen sie gemeinsam den Bluttrinker. Anschließend liefen sie zur Höhle zurück und legten sich schlafen . . .

Der junge Wolf entwickelte sich schnell. Zwei Tage blieb er in der Höhle, dann wagte er sich wieder hinaus. Dabei stieß er auf das junge Wiesel, dessen Mutter er gefressen hatte, und er stellte fest, daß auch das junge Wiesel gut schmeckte. Bei diesem Ausflug verirrte er sich nicht. Als er müde wurde, fand er den Weg zurück zur Höhle. Von da an war er jeden Tag im Freien und wagte sich immer weiter von der Höhle fort.

Er konnte jetzt genau seine Stärken und seine Schwächen abschätzen, und er wußte, wann er etwas wagen konnte und wann er vorsichtig sein mußte. Er erkannte, daß es ratsam war, immer vorsichtig zu sein. Immer wurde er wütend, wenn er auf ein Schneehuhn traf, und immer antwortete er wild auf das Fauchen eines Eichhörnchens, auf dessen Art er zuerst an der zerzausten Tanne gestoßen war. Der Anblick eines Hähers machte ihn fast toll, denn niemals vergaß er, daß er von einem Häher einen Schnabelhieb hatte hinnehmen müssen.

Wenn ihm aber Gefahr von einem anderen lauernden Fleischfresser drohte, dann ließ ihn sogar ein Häher kalt. Niemals vergaß er den Habicht, und jeder gleitende Schatten in der Luft trieb ihn ins nächste Dickicht. Längst lief er nicht mehr steifbeinig und ungeschickt, sondern nahm den schleichenden, federnden Gang der Mutter an.

Was Beute betraf, so hatte er nur am Anfang viel Glück. Die sieben Schneehuhnküken und das kleine Wiesel waren alles, was er bisher getötet hatte. Sein Verlangen zu töten, wuchs von Tag zu Tag, und vor allem galt dies dem Eichhörnchen, das fauchend alle Tiere warnte, daß ein junger Wolf sich nähere. Aber wie Vögel in die Luft flogen, so konnten Eichhörnchen Bäume hinaufklettern. Er konnte also nur versuchen, es zu fassen, wenn es am Boden war.

Der junge Wolf hatte großen Respekt vor seiner Mutter. Sie sorgte für Fleisch und vergaß niemals, ihm seinen Teil zu geben. Außerdem hatte sie vor nichts Angst. Ihm ging nicht auf, daß diese Furchtlosigkeit lediglich auf Erfahrung und Wissen beruhte. Seine Mutter war für ihn der Inbegriff der Macht. Als er älter wurde, bekam er diese Macht in den stärkeren Schlägen ihrer Pfote und dem Biß ihrer Zähne, der längst den sanften Stoß ihrer Nasenspitze ersetzte, zu spüren. Aus diesen Gründen respektierte er seine Mutter. Sie verlangte Gehorsam von ihm, und je älter er wurde, desto rascher wurde sie böse.

Wieder kam der Hunger, und dessen Pein nahm der junge Wolf nun bewußter auf. Die Wölfin wurde aus Mangel an Nahrung dünn. Nur noch selten schlief sie in der Höhle, die meiste Zeit war sie auf Jagd. Doch umsonst. Die Hungerzeit war nur kurz, aber so lange sie dauerte, war sie qualvoll. Der junge Wolf fand keine Milch mehr in der Brust seiner

Mutter, und er erhielt auch nicht ein einziges Maul voll Fleisch.

Vorher hatte er aus Spaß gejagt, nun wurde die Jagd tödlicher Ernst, und dennoch blieb ihm ein Erfolg versagt. Aber das förderte seine Entwicklung. Er beobachtete die Gewohnheiten des Eichhörnchens sehr genau und schlich sich geschickter heran, um es zu überraschen. Er beschäftigte sich mit der Waldmaus und versuchte, sie auszugraben. Er lernte auch die Gewohnheiten der Häher und Spechte genauer kennen. Dann kam der Tag, da der Schatten des Habichts ihn nicht mehr ins Dickicht trieb. Er war stärker, erfahrener geworden, auch sein Selbstvertrauen war gewachsen. Außerdem war er hungrig. So saß er in offener Lichtung auf seinen Keulen und lockte den Habicht vom Himmel herab, denn er wußte, daß da oben Fleisch flog, Fleisch, nach dem sein Magen so sehr verlangte. Aber der Habicht dachte nicht daran, herunterzustoßen und sich zum Kampf zu stellen, und der junge Wolf kroch ins Dickicht und winselte vor Enttäuschung und Hunger.

Der Hunger verging, die Wölfin brachte Beute. Es war ein seltenes Fleisch, ganz anders als das, was sie sonst heimgebracht hatte. Es war ein junger Luchs, halb erwachsen wie der junge Wolf, aber nicht ganz so groß. Und er war allein für ihn, denn seine Mutter hatte ihren Hunger anderswo gestillt. Er wußte nicht, daß das Luchsjunge das letzte des Wurfes war, die anderen hatte die Wölfin verschlungen. Er ahnte auch nicht, wie kühn ihre Tat war. Er wußte lediglich, daß das samtfellene Junge Fleisch war, und er fraß und wurde bei jedem Bissen fröhlicher.

Ein voller Magen verlangt Ruhe, und der junge Wolf lag in der Höhle und schlief an der Seite seiner Mutter. Ein Knurren weckte ihn. Noch nie hatte er ein so schreckliches Knurren gehört. Vielleicht hatte die Wölfin in ihrem ganzen Leben noch nie so schrecklich geknurrt. Es gab allen Grund hierfür, und das wußte niemand besser als die Wölfin. Man raubt kein Luchslager ungestraft aus. Im vollen Licht des Nachmittags sah der junge Wolf, wie die Luchsin in den Eingang der Höhle schlich. Sein Fell sträubte sich bei dem Anblick. Er hatte Angst, und er wußte wovor. Der Anblick allein reichte dazu noch nicht aus, aber der Eindringling fauchte in wahnwitziger Erregung. Das überzeugte den jungen Wolf von der Gefahr, in der sie schwebten.

Er wollte am Leben bleiben, und so sprang er auf und knurrte tapfer an seiner Mutter Seite mit. Die Wölfin stieß ihn verächtlich fort und hinter sich. Wegen des niedrigen Eingangs konnte die Luchsin nicht hereinspringen, und als sie rasch hereinkroch, sprang die Wölfin sie sogleich an und drückte sie zu Boden. Der junge Wolf sah wenig von dem Kampf, er vernahm nur ein fürchterliches Knurren, Fauchen und Zischen. Die beiden Tiere gingen aufeinander los, die Luchsin riß mit den Krallen und biß mit den Zähnen, die wiederum die einzige Waffe der Wölfin waren.

Einmal sprang der junge Wolf hinzu und hieb seine Zähne in einen Hinterlauf der Luchsin. Er gab ihn nicht frei und knurrte wütend. Obwohl er es nicht wußte, behinderte er durch das Gewicht seines Körpers die Bewegungsfreiheit der Luchsin und half dadurch der Mutter. Im Laufe des Kampfes geriet er unter die Körper der Kämpfenden und ließ den Lauf fahren. Im nächsten Augenblick trennten sich die Mütter, und ehe sie wieder aufeinander losgingen, versetzte die Luchsin dem jungen Wolf einen Hieb, der ihm die Schulter bis auf den Knochen aufriß und ihn gegen die Wand warf. Sein schriller Schmerzensschrei mischte sich in den Lärm. Aber der Kampf dauerte an, so daß der Wolf Zeit fand, sich auszuheulen und ein zweites Mal mutig in den Kampf einzugreifen. Als der Kampf zu Ende war, hatte er sich noch immer in den Hinterlauf der Luchsin gebissen und knurrte wütend weiter.

Die Luchsin war tot. Aber die Wölfin war müde und schwach. Zuerst liebkoste sie ihr Junges und leckte die verletzte Schulter, aber der große Blutverlust hatte sie zu sehr geschwächt, und einen ganzen Tag und eine ganze Nacht lag sie wie leblos an der Seite ihrer toten Feindin und atmete kaum noch. Eine ganze Woche lang verließ sie die Höhle nur, um zu trinken, und ihre Bewegungen waren langsam und schwerfällig. Am Ende der Woche war die Luchsin verzehrt, und die Wunden der Wölfin waren so weit geheilt, daß sie es wagen konnte, wieder auf Jagd zu gehen.

Die Schulter des jungen Wolfes blieb von dem furchtbaren Hieb noch eine ganze Zeit steif, und er hinkte lange. Aber die Welt schien verändert. Sein Selbstvertrauen war gewachsen. Er kam sich seit dem Kampf mit der Luchsin wie ein Held vor. Er hatte einen tiefen Blick in das Leben getan, er hatte gekämpft und seine Zähne in das Fleisch eines Feindes geschlagen, und er hatte gesiegt. Deshalb benahm er sich nun mutiger und herausfordernder. Er hatte vor kleineren Geschöpfen keine Furcht mehr, seine Ängstlichkeit war verschwunden, nur unbekannte Dnge ängstigten ihn noch.

Von nun an begleitete er seine Mutter auf ihren Jagdzügen. Er sah, wie die Beute erlegt wurde, und er nahm daran teil. Auf seine eigene Weise lernte er das Gesetz des Fleisches kennen. Es gab zwei Arten von Leben, die eigene und die fremde Art. Sein Leben, das waren seine Mutter und er — das fremde waren alle Geschöpfe, die sich bewegten. Aber das fremde Leben war geteilt, den einen Teil tötete und fraß die Rasse der Wölfe, der andere Teil wiederum tötete und fraß diese Wölfe. Aus solcher Einteilung entstand das Gesetz der Rasse. Der Sinn des Lebens hieß Fleisch. Es gab solche, die fraßen, und solche, die gefressen wurden. Das Gesetz lautete: Friß — oder du wirst gefressen! Er lebte nach diesem Gesetz, ohne darüber nachzudenken.

Er erkannte, wie überall ringsum das Gesetz wirksam war. Er hatte die Küken des Schneehuhns verzehrt, dieses selbst hatte der Habicht gefressen. Der Habicht würde auch ihn verspeist haben. Später, als er stärker wurde, hatte er den Habicht fressen wollen. Er hatte ein Luchs-Junges verschlungen. Die Luchsin würde ihn gefressen haben, wäre sie nicht selber getötet und gefressen worden. Und so ging es weiter. Nach diesem Gesetz lebten alle Geschöpfe, auch er. Seine einzige Nahrung war Fleisch, lebendiges Fleisch, das flink vor ihm flüchtete, wegflog, sich im Boden verbarg, auf Bäume kletterte oder sich ihm stellte und mit ihm kämpfte — oder den Spieß umdrehte und nach ihm jagte ...

Dann entdeckte der junge Wolf etwas Neues. Er hatte die Höhle verlassen, um im Fluß zu trinken. Vielleicht bemerkte er es anfangs nicht, weil er noch schlaftrunken war, denn er hatte die ganze Nacht gejagt und war eben aufgewacht. Vielleicht war er auch deshalb so unvorsichtig, weil ihm der Weg zum Fluß allzu vertraut war. Er war ihn so oft gegangen, und nie hatte sich irgend etwas ereignet.

Er lief zu der zerzausten Tanne hin, überquerte die Lichtung und trottete unter den Bäumen dahin. In diesem Augenblick sah und roch er es. Vor ihm saßen fünf Geschöpfe auf dem Boden, wie er noch keine gesehen hatte. Es war sein erstes Zusammentreffen mit Menschen. Als die fünf ihn erblickten, sprangen sie nicht auf, noch zeigten sie ihm die Zähne, noch knurrten sie. Sie bewegten sich nicht, sondern blieben einfach sitzen, schweigend und rätselhaft.

Auch der junge Wolf bewegte sich nicht. Sein Instinkt riet ihm zu fliehen, aber zum ersten Male meldete sich in ihm ein entgegengesetzter Instinkt. Etwas wie Ehrfurcht regte sich. Das Gefühl der eigenen Schwäche und Kleinheit überwältigte ihn und zwang ihn, sich nicht zu bewegen. Hier war etwas, das stärker und mächtiger war als er.

Der junge Wolf hatte noch nie einen Menschen gesehen, aber dennoch kannte er sie. Sein dumpfer Instinkt erkannte in ihm das Tier, das die Herrschaft über die anderen Tiere der Wildnis errungen hatte. Er sah dieses Tier nicht nur mit seinen eigenen Augen an — die Augen all seiner Vorfahren waren in dem Blick, und diese Augen hatten oft genug nachts das Lagerfeuer in der Finsternis erblickt und aus dem sicheren Dickicht die rätselhaften zweibeinigen Geschöpfe beobachtet, die Herren über die anderen lebenden Geschöpfe waren. In ihm rührte sich das Erbe, die Furcht und der Respekt, die im Laufe von Hunderten von Generationen entstanden waren. Dieses Erbe war zu viel für einen kleinen, jungen Wolf. Wäre er erwachsen gewesen, wäre er fortgelaufen. Er aber kauerte sich hin und unterwarf sich ihnen in der Art und Weise, wie sich einst der Wolf unterworfen hatte, als er zum Feuer eines Menschen kam, um sich zu wärmen.

Einer der Indianer stand auf, ging zu ihm und bückte sich zu ihm hinab. Der junge Wolf duckte sich noch tiefer. Sein Haar sträubte sich, und er zeigte seine kleinen Zähne. Die Hand, die wie ein Verhängnis über ihm hing, zögerte, und der Mensch rief lachend: »Wabam, webisca ip pit tah!« (Sieh an, was für ein weißes Gebiß!)

Die anderen Indianer lachten laut und riefen dem Mann zu, den kleinen Wolf auf den Arm zu nehmen. Als die Hand näher und näher kam, wurde der Streit der entgegengesetzten Instinkte in dem jungen Wolf immer stärker. Sollte er sich unterwerfen, oder sollte er kämpfen? Er tat beides. Zuerst kämpfte er, schnappte er nach der Hand. Im nächsten Augenblick erhielt er eine Ohrfeige, die ihn umwarf. Aller Kampfesmut verließ ihn. Seine Jugend und der Instinkt der Unterwerfung setzten sich durch. Er setzte sich und begann zu winseln. Aber der Mann, in dessen Hand der junge Wolf gebissen hatte, war ärgerlich. Der junge Wolf erhielt eine Ohrfeige auf die andere Seite, und nun winselte er noch kläglicher als vorher.

Die vier Indianer lachten, sogar jener, der gebissen worden war, lachte jetzt auch. Sie standen um den jungen Wolf herum und lachten, während das Wölflein in seiner Angst und seinem Schrecken immer kläglicher winselte. Plötzlich vernahm man einen anderen Ton. Auch die Indianer vernahmen ihn. Der junge Wolf wußte, was dieser Ton bedeutete, und nach einem letzten Winseln, das eher triumphierend als wehleidig war, schwieg er und wartete auf die Mutter, auf seine tapfere und unerschrockene Mutter, die kämpfte und alle Geschöpfe tötete und keine Furcht kannte. Sie knurrte im Lauf. Sie hatte das Winseln ihres Jungen gehört und kam nun, um es zu retten.

Sie sprang mitten unter die Indianer. Der junge Wolf empfand ihren Anblick und ihre Wut als Erlösung. Er heulte kurz auf und sprang ihr entgegen, während die Männer sich eiligst ein paar Schritte zurückzogen. Die Wölfin stellte sich über ihr Junges, den Männern gegenüber, mit gesträubtem Haar, und knurrte.

»Kiche!« rief da einer der Indianer scharf und respektheischend.

Dann sah der junge Wolf, wie seine Mutter, die Wölfin, die keine Furcht kannte, sich auf den Bauch legte, winselte und mit dem Schwanz wedelte. Der junge Wolf konnte das nicht begreifen, er war völlig verwirrt. Wieder war die Hand des Mannes über ihm. Sein Instinkt hatte also recht gehabt. Seine Mutter bewies das. Auch sie unterwarf sich den Menschen.

Der Mann, der »Kiche!« gerufen hatte, trat zu ihr. Er legte seine Hand auf ihren Kopf, und sie duckte sich nur noch mehr. Sie biß nicht, noch wollte sie beißen. Die übrigen Männer traten nun auch heran und streichelten sie, was sie sich ohne Widerstand gefallen ließ. Sie waren sehr aufgeregt und machten mit ihren Mündern viel Lärm. Dieser Lärm war aber kein Zeichen von Furcht, stellte der junge Wolf fest und kroch näher an seine Mutter heran.

»Es ist gar nicht so außergewöhnlich«, bemerkte ein Indianer, »ihr Vater war ein Wolf.«

»Mein Bruder hat ihre Mutter zur Paarungszeit nachts im Walde angebunden, deshalb ist Kiches Vater ein Wolf!«

»Es ist genau ein Jahr her, Grauer Biber, daß sie uns davongelaufen ist!« meinte ein zweiter Indianer.

»Du hast recht, Lachszunge«, antwortete der Graue Biber, »damals herrschte Not, und wir hatten kein Fleisch für die Hunde.«

»Sie hat bei den Wölfen gelebt«, meinte ein dritter Indianer.

»So ist's, Drei Adler, und dies ist das Ergebnis davon«, sagte der Graue Biber und tätschelte den jungen Wolf.

Der junge Wolf knurrte ein bißchen, und die Hand hob sich, um ihn zu schlagen. Da er aber sofort aufhörte, zu knurren und mit den Zähnen zu fletschen und sich hündisch niederduckte, kraulte ihn die Hand zwischen den Ohren und fuhr ihm den Rücken entlang, anstatt ihn zu schlagen.

»Es ist klar«, nahm der Graue Biber das Thema wieder auf, »daß Kiche die Mutter ist, aber der Vater war bestimmt wieder ein Wolf. Deshalb ist wenig an ihm Hund und viel Wolf. ›White Fang‹ soll sein Name sein. Er gehört mir, denn Kiche war meines Bruders Eigentum. Und mein Bruder ist tot!«

Der junge Wolf, der jetzt wegen seines prächtigen weißen Reißgebisses den Namen White Fang, das heißt Weißer Fang, bekommen hatte, lag da und beobachtete. Im Augenblick fuhren die Menschengeschöpfe fort, mit ihren Mündern Lärm zu machen. Dann zog der Graue Biber ein Messer aus der Scheide, die an seinem Halse hing, und schnitt einen Stecken ab. White Fang beobachtete ihn. Er kerbte den

Stock an beiden Enden und befestigte daran Riemen aus ungegerbtem Leder. Einen Riemen schlang er um Kiches Hals, dann führte er sie zu einer dünnen Tanne und band sie daran fest.

White Fang folgte ihr und legte sich neben sie hin. Lachszunges Hand rollte ihn auf den Rücken. Kiche sah ängstlich zu. White Fang fühlte, wie die Furcht sich in ihm regte. Er konnte ein Knurren nicht unterdrücken, aber er machte keine Anstalten, wieder zuzuschnappen. Die Hand rieb seinen Bauch und rollte ihn von einer auf die andere Seite, und das gefiel ihm. Es war lächerlich und albern, auf dem Rücken zu liegen, die Beine in die Luft gestreckt, außerdem war es eine Lage von solcher Hilflosigkeit, daß sich jede Faser in White Fang dagegen sträubte, aber er konnte nichts tun, um sich zu verteidigen. Wenn der Mensch ihm etwas Böses zufügen wollte, so konnte er ihm nicht entgehen. Wie konnte man fortlaufen, wenn man seine Beine in die Luft gestreckt hatte.

Die Unterwerfung aber half ihm, seine Furcht zu überwinden, und er knurrte nur ganz leise. Der Mensch nahm es ihm nicht übel und verzichtete darauf, ihn zu schlagen. White Fang empfand ein seltsames Vergnügen daran, als die Hand fortfuhr, ihn zu streicheln. Als er von einer auf die andere Seite gerollt wurde, hörte er auf zu knurren; als die Finger ihn zwischen den Ohren kraulten, nahm die angenehme Empfindung sogar noch zu, und als die Indianer nach einem letzten Streicheln und Kraulen fortging, hatte White Fang alle Furcht verloren. Er würde sich beim Zusammenleben mit den Menschen noch manchmal fürchten müssen, aber er bereitete sich schon jetzt auf ein Zusammenleben mit ihnen vor.

Nach einer Weile vernahm White Fang laute Geräusche, die näherkamen. Er erkannte sofort, daß die Geräusche von Menschen stammten. Ein paar Minuten später erschien der

Rest des Stammes in langer Reihe, wie es bei Indianern üblich ist. Es waren etwa vierzig Personen, Männer, Frauen und Kinder, und alle waren schwer mit Zeltteilen und Ausrüstung bepackt. Es befanden sich auch viele Hunde unter den Menschen, und diese — die ganz jungen ausgenommen — trugen Lasten, zwanzig bis dreißig Pfund schwer.

White Fang hatte nie zuvor Hunde gesehen, aber bei ihrem Anblick fühlte er, daß sie von seiner Art waren, nur irgendwie anders. Sie aber entdeckten an ihm kaum einen Unterschied zu einem Wolf, als sie White Fang und seine Mutter erblickten. Sie griffen sofort an. White Fang fauchte und knurrte und biß gegen die Woge von Hunden an, die ihn überschwemmte. Er wurde umgeworfen und fühlte ihre scharfen Zähne in seinem Körper, während er selber in die Beine und Bäuche biß und kratzte, die um ihn herumwirbelten. Es gab einen großen Aufruhr. Er vernahm das Knurren von Kiche, die ihm zu Hilfe kam, und er hörte die Rufe der Männer und die Schläge auf Hundekörper und das Winseln der Tiere, die diese Schläge getroffen hatten.

Nach wenigen Sekunden stand er wieder auf den Beinen. Er sah, wie die Männer die Hunde mit Steinen und Stöcken zurücktrieben, um ihn zu verteidigen und vor den Zähnen seiner Artgenossen zu schützen, die dennoch nicht ganz von seiner eigenen Art waren. Obwohl er keine klare Vorstellung von so etwas wie ›Gerechtigkeit‹ hatte, empfand er doch die Menschen in diesem Augenblick als gerecht; er erkannte: die Menschen haben Gesetze und üben sie aus! Er erkannte auch die Strenge, mit der sie das Gesetz ausführten. Im Gegensatz zu allen Tieren, denen er bisher begegnet war, bissen und kratzten sie nicht. Sie vergrößerten die Kraft ihrer lebendigen Glieder mit toten Dingen. Stöcke und Steine, die sie handhabten, flogen durch die Luft, als ob sie lebendig wären, und bereiteten den Hunden böse Schmerzen.

Nach seiner Ansicht war diese Art von Macht ungewöhnlich, unbegreiflich und unnatürlich, sie war gottähnlich. White Fang hatte keine Ahnung von Gott, bestenfalls kannte er Dinge, die unbegreiflich waren, aber die Bewunderung und Ehrfurcht, die er vor diesen Menschen-Geschöpfen empfand, ähnelte in manchem der Bewunderung, der Ehrfurcht, die ein Mensch beim Anblick himmlischer Wesen empfinden mochte.

Der letzte Hund war vertrieben. Der Lärm verstummte. White Fang leckte seine Wunden und dachte über seine erste Begegnung mit der Grausamkeit eines Rudels nach und wie er in ihr heimisch werden sollte. Er hatte es sich nie träumen lassen, daß seine Art aus mehr Geschöpfen bestand als aus Einauge, seiner Mutter und ihm selbst. Sie hatten eine Gattung für sich gebildet, und plötzlich mußte er nun feststellen, daß es ganz offenbar noch mehr Geschöpfe seiner eigenen Art gab. Im tiefsten war er bestürzt, daß diese, seine eigene Art, kaum, daß sie ihn erblickt hatte, über ihn hergefallen war und ihn umzubringen versucht hatte. Ebenso kränkte es ihn, daß seine Mutter mit einem Stock angebunden wurde, wenn es auch durch die überlegenen Mensch-Geschöpfe geschehen war. Es kam ihm vor wie eine Falle oder Knechtschaft. Die Freiheit, herumzustreifen und sich hinzulegen, wann er wollte, war sein Erbe gewesen, und ihr und ihm wurde das jetzt verwehrt. Die Bewegungsfreiheit seiner Mutter war auf die Länge des Stockes beschränkt, und er war dadurch auf dieselbe Strecke beschränkt, denn er brauchte die Nähe seiner Mutter.

So etwas mißfiel ihm, es gefiel ihm auch gar nicht, daß ein dünnes Geschöpf, als die Menschen weiterzogen, das andere Ende des Stockes in die Hand nahm und Kiche als Gefangene hinter sich führte. Dahinter lief White Fang, sehr verwirrt und verärgert über dieses neue Abenteuer.

Sie gingen ein Flußtal hinab, weit hinaus über das Gebiet, das White Fang durchstreift hatte, dorthin, wo der Fluß in den Mackenzie mündet. Hier waren Boote hoch in der Luft aufgehängt und Geräte zum Trocknen von Fischen aufgestellt. An dieser Stelle schlugen sie ihr Lager auf. White Fang nahm dies alles erstaunt wahr. Die Überlegenheit dieser Mensch-Geschöpfe nahm mit jedem Augenblick zu. Allein schon ihre Macht über die scharfzähnigen Hunde war verwirrend, aber noch großartiger erschien dem jungen Wolf ihre Macht über die leblosen Dinge. Sie konnten unbewegliche Dinge beweglich werden lassen! Dies setzte ihn besonders in Erstaunen. Daß sie Gerüste aus Stangen aufstellten, fesselte sein Auge, aber das kam ihm nicht so rätselhaft vor wie ihre Fähigkeit, Steine und Stöcke über weite Strecken fliegen zu lassen. Am meisten staunte White Fang, als sie die Gerüste aus Stangen mit Planen und Fellen bedeckten und Zelte daraus werden ließen. Ihr ungeheurer Umfang beeindruckte ihn tief. Sie wuchsen rund um ihn empor, riesige, schnell-wachsende Erscheinungen. Er fürchtete sich vor ihnen, aber schon nach kurzer Zeit hatte er diese Furcht überwunden. Er sah die Frauen und Kinder furchtlos ein- und ausgehen, und er sah, daß auch die Hunde hineinwollten, aber weggejagt wurden. Nach einer Weile verließ er Kiche und kroch vorsichtig auf das am nächsten gelegene Zelt zu. Er war eben noch sehr jung und mußte lernen und Erfahrungen sammeln, das zwang ihn vorwärts. Die letzten Zentimeter bis zur Zeltwand kroch er mit erhöhter Vorsicht und sehr langsam. Die Ereignisse dieses Tages hatten ihn darauf vorbereitet, daß das Unbekannte ihm in der seltsamsten Weise begegnete. Endlich berührte seine Nase die Plane. Er wartete. Nichts geschah, obwohl sich die Plane ein wenig bewegte. Er roch daran. Sie war voll von den Gerüchen der Menschen. Er biß hinein und zerrte daran. Nichts geschah, obwohl sich die Plane bewegte. Er zerrte kräftiger und die Plane bewegte sich stärker. Das gefiel ihm. Er zerrte immer wieder daran, bis das ganze Zelt zu wackeln begann. Der Aufschrei einer Frau im Zelt veranlaßte ihn, schnell zu Kiche zurückzuspringen. Von da an hatte er keine Furcht mehr vor den hochragenden Zelten.

Einen Augenblick später lief er wieder von seiner Mutter fort. Ihr Stock war an einen Pflock im Boden gebunden, deshalb konnte sie ihm nicht folgen. Ein Hund, etwas größer und älter als er, näherte sich ihm langsam, feindlich und bösartig. Der Name des jungen Hundes war, wie White Fang später hörte, Liplip. Er hatte schon seine Erfahrungen im Kampf mit jungen Hunden und war so etwas wie ein Draufgänger.

White Fang wollte ihm freundlich begegnen. Als aber der Gang des Angreifers steifbeinig wurde und er die Zähne zeigte, da wurde auch White Fangs Gang steif, und auch er entblößte die Zähne. Sie drehten sich umeinander im Kreise, aufmerksam, knurrend und mit gesträubtem Haar. So ging es einige Minuten, und White Fang bekam schon Freude an dieser Art Spiel, aber plötzlich sprang Liplip ihn an, biß und sprang zurück. Der Biß hatte die Schulter getroffen, die durch den Hieb der Luchsin bis auf den Knochen aufgerissen gewesen und noch empfindlich war. Die Überraschung und die Verletzung ließen White Fang aufwinseln, aber im nächsten Augenblick, in einem Ausbruch von Wut, hatte er Liplip gepackt und gebissen. Liplip aber hatte sein Leben im Lager verbracht und schon manchen Strauß ausgefochten. Drei-, viermal traf sein Biß den Neuankömmling, bis White Fang, feige winselnd, zu seiner Mutter flüchtete. Dies war der erste von vielen Kämpfen, die er mit Liplip auszufechten hatte, denn sie waren Feinde von Anfang an, Feinde, die sich immer wieder in die Haare geraten mußten.

Kiche leckte White Fang zärtlich und versuchte, ihn zu

bestimmen, bei ihr zu bleiben, aber seine Neugier war geweckt, und schon einige Minuten später ging er auf neue Abenteuer aus. Er traf eines der Menschengeschöpfe, den Grauen Biber, der breitbeinig am Boden saß und irgend etwas mit Stöcken und trockenem Moos tat. White Fang kam näher heran und beobachtete ihn. Der Graue Biber lockte ihn schnalzend, und da White Fang dies nicht als feindlich empfand, näherte er sich noch mehr.

Frauen und Kinder brachten dem Grauen Biber noch andere Stöcke und Zweige. Es war augenscheinlich eine wichtige Sache. White Fang berührte jetzt das Knie des Grauen Bibers; so neugierig war er, daß er vergaß, daß dies eines der schrecklichen Menschengeschöpfe war. Plötzlich sah er ein seltsames Etwas wie Nebel zwischen den Stöcken und dem Moos unter den Händen des Grauen Bibers emporsteigen. Es drehte und wendete sich hin und her. In der Farbe glich es der Sonne am Himmel. White Fang wußte nichts vom Feuer. Es schien ihm ähnlich dem Licht in der Öffnung der Höhle, das ihn schon angezogen hatte, als er erst wenige Wochen alt war. Er kroch an die Flamme heran. Er hörte den Grauen Biber kichern, und er stellte fest, daß das kein feindlicher Ton war. Dann berührte seine Nase die Flamme, und im selben Augenblick streckte er seine kleine Zunge aus.

Einen Augenblick lang war er wie gelähmt. Das Unbekannte, das in der Mitte der Stöcke und des Mooses auf der Lauer gelegen hatte, hatte ihn derb in die Nase gezwickt. Er sprang zurück und brach in ein klägliches Gewinsel aus. Als Kiche es hörte, sprang sie knurrend vorwärts, aber der Stock hielt sie zurück, und sie raste wütend, weil sie White Fang nicht zu Hilfe kommen konnte. Der Graue Biber lachte schallend und schlug sich auf die Schenkel und erzählte allen immer wieder, was sich eben abgespielt hatte, bis sie sich vor Lachen bogen. Aber White Fang winselte und winselte, ein winziges, verlorenes kleines Geschöpf unter den Menschen.

Es war die schlimmste Verletzung, die er bis dahin erlitten hatte. Nase und Zunge waren versengt durch das lebende Etwas, das wie die Sonne aussah und unter den Händen des Grauen Bibers entstanden war. Er winselte weiter, und jedes Winseln wurde von den Menschen mit einem Gelächter beantwortet. White Fang versuchte, den Schmerz in seiner Nase mit der Zunge zu besänftigen, aber die Zunge war ja auch versengt, und die zwei Schmerzquellen verursachten einen noch größeren Schmerz, als sie sich trafen, worauf er noch hoffnungsloser und hilfloser zu winseln begann.

Dann plötzlich schämte er sich. Er kannte Gelächter und wußte, was es bedeutete. Wir können nicht wissen, woher manche Tiere wissen, daß man über sie lacht, aber White Fang wußte es eben. Und er schämte sich, wenn die Menschen ihn auslachten. Er floh, nicht vor dem Schmerz, den ihm das Feuer zugefügt hatte, sondern vor dem Gelächter, das ihn tiefer traf und verletzte als der Schmerz. Er floh zu Kiche, die noch immer raste, als sei sie wahnsinnig, die einzige Kreatur in der Welt, die ihn nie auslachen würde.

Die Dämmerung kam, dann wurde es Nacht, und White Fang lag neben seiner Mutter. Nase und Zunge schmerzten noch, aber ein größerer Kummer quälte ihn. Er hatte Heimweh. Er fühlte eine Leere in sich, eine Sehnsucht nach der Stille und Ruhe des Flusses und der Höhle am Hang. Das Leben war zu bevölkert. Es gab zu viele Menschen, Männer, Frauen und Kinder, und alle machten Lärm und störten ihn. Und dann gab es die Hunde, die immer durcheinanderliefen und kläfften. Die ruhige Einsamkeit des einzigen Lebens, das er bis dahin kennengelernt hatte, war dahin. Hier war sogar die Luft voller Unruhe. Immer und überall entstand Lärm, und ständig änderte er seine Lautstärke. Das zerrte an seinen Nerven und bedrückte ihn.

Er beobachtete, wie die Menschen kamen und gingen. Sie waren höhere Wesen, zur Herrschaft bestimmt, sie besaßen unbekannte und unbegreifliche Fähigkeiten. Sogar aus totem Moos und Holz konnten sie sonnengleiches, gleißendes Leben erwachen lassen; sie wußten, wie man Feuer machte, sie waren Götter!

V.

Ausgestoßen

Die Tage waren für White Fang voll von neuen Erfahrungen. Während Kiche am Stock angebunden war, lief er überall im Lager umher, untersuchte, erforschte und lernte. Bald kannte er die Gewohnheiten der Menschen, aber dieses Wissen hatte keine Geringschätzung zur Folge. Je mehr er sie kennenlernte, desto mehr erkannte er ihre Überlegenheit, ihre geheimnisvolle Macht, ihre Gott-Gleichheit an.

White Fang wußte, daß er ihnen nicht mehr entgehen konnte. Wie seine Mutter sich unterworfen hatte, kaum, daß sie ihren Namen hörte, so begann er, ihnen gehorsam zu sein. Er ließ ihnen selbstverständlich den Vortritt. Wenn sie kamen, ging er ihnen aus dem Weg. Wenn sie ihn riefen, kam er. Wenn sie ihm drohten, so kauerte er nieder. Wenn sie ihm befahlen, sich wegzuscheren, dann machte er sich schleunigst aus dem Staube, denn hinter jedem ihrer Wünsche stand die Macht, den Wunsch durchzusetzen, Macht, die Schmerzen verursachte, Macht, die sich in Schlägen und Tritten, in fliegenden Steinen und Peitschenhieben äußerte.

Er gehörte ihnen, wie alle Hunde ihnen gehörten, und er stand unter ihrem Befehl. Natürlich geschah dies alles nicht an einem Tage. Er konnte nicht von einer Stunde zur anderen das Erbteil der Wildnis, das er in sich trug, aufgeben. Es gab Tage, da schlich er an den Waldrand und stand und lauschte auf irgend etwas, das ihn zu sich rief. Doch jedesmal lief er dann wieder ins Lager zurück, ruhelos und unglücklich, und er schmiegte sich winselnd an Kiches Seite und leckte ihr Gesicht mit fragender Zunge.

Dennoch lernte er überraschend schnell die Gewohnheiten des Lagers kennen. Er erkannte die Ungerechtigkeit und Gier der älteren Hunde, wenn ihnen Fleisch oder Fisch vorgeworfen wurde. Er erkannte auch, daß bei den Menschen die Männer meistens gerecht, die Kinder grausam und die Frauen gutmütig waren, so gutmütig, daß sie ihm sogar ab und zu ein Stück Fleisch oder einen Knochen zuwarfen.

Nach zwei oder drei schmerzlichen Erfahrungen mit Hündinnen, die Junge hatten, beschloß er, daß es besser sei, solchen Hunden so weit wie möglich aus dem Wege zu gehen, und er wich aus, wenn er sie nur kommen sah.

Der Fluch seines Lebens aber war Liplip. Größer, stärker und älter als er, hatte Liplip ihn zum Zielpunkt seiner Quälereien ausersehen. Dieser Feind war zu stark für White Fang, er wurde zum Alpdruck. Sobald er seine Mutter verließ, erschien der Raufbold, heftete sich an seine Fersen, knurrte ihn an, schnappte nach ihm und wartete nur auf die Gelegenheit, daß kein Mensch in der Nähe war. Dann sprang er ihn an und erzwang einen Kampf. Da Liplip regelmäßig gewann, machte ihm das großen Spaß. Es wurde das Vergnügen seines Lebens, so wie es die Qual in White Fangs Leben wurde.

Aber die Wirkung auf White Fang war nicht etwa die, daß es ihn eingeschüchtert hätte. Obwohl er darunter litt und stets den kürzeren zog, blieb sein Kampfesmut ungebrochen. Dennoch stellte sich eine böse Folge bei ihm ein. Er wurde übellaunig und verdrossen. Niemals spielte und tollte er mit den anderen Hunden des Lagers. Liplip erlaubte es nicht. Sobald White Fang auftauchte, war Liplip bei ihm, ärgerte ihn oder griff ihn an, bis er ihn verscheucht hatte.

Dies trug dazu bei, White Fangs Kindheit zu verkürzen und ihn älter erscheinen zu lassen, als er war. Da er beim

Spiel seine überschüssige Kraft nicht loswerden konnte, blieb sie in ihm und beschleunigte seine geistige Entwicklung. Er wurde listig, denn er hatte Zeit genug, sich allerlei Tricks auszudenken. Da er seinen Anteil bei der allgemeinen Fütterung der Hunde nicht erhielt, wurde er eine schlauer Dieb. Er mußte für sich sorgen, und er sorgte gut, aber für die Indianerfrauen im Lager wurde er dadurch zu einer wahren Plage. Er lernte, herumzuschnüffeln und auf alles zu achten, was vorging, und entsprechend zu handeln, und dabei sann er immer auf Mittel und Wege, wie er seinem unversöhnlichen Verfolger entgehen könne.

Einmal spielte er Liplip einen bösen Streich und kostete zum ersten Male die Süßigkeit der Rache aus. So wie einmal Kiche, als sie noch bei den Wölfen lebte, die Hunde aus dem Lager der Menschen gelockt hatte, um sie zu vernichten, so lockte jetzt White Fang in ähnlicher Weise Liplip in die Nähe der reißenden Zähne seiner Mutter. Auf der Flucht vor Liplip lief White Fang um die Zelte. Er war ein guter Läufer, flinker als irgendein anderer Hund seines Alters, und auch schneller als Liplip. In diesem Falle aber spielte er seine Schnelligkeit nicht aus, sondern blieb immer einen Schritt vor Liplip. Dieser, aufgeregt durch die Verfolgung und die Nähe seines Opfers, das er trotzdem nicht packen konnte, vergaß alle Vorsicht und achtete nicht mehr darauf, wo er sich befand. Als er daran dachte, war es für ihn zu spät. Als er nämlich um ein Zelt sprang, sprang er geradewegs auf Kiche los, die an ihrem Stock angebunden war. Er heulte vor Überraschung kurz auf, aber da hatte sie ihn schon gepackt. Obwohl sie angebunden war, kam er nicht fort. Er überschlug sich, und sie bearbeitete ihn mit ihren Krallen und Zähnen.

Als es ihm dann doch gelang, ihr zu entkommen, war er an Körper und Geist verletzt. Er brach in ein klägliches Winseln aus, aber selbst das wurde ihm nicht gestattet.

White Fang sprang ihn an und biß ihn in den linken Hinterlauf. Liplip verlor den letzten Rest von Mut. Er flüchtete feig, verfolgt von seinem Opfer, das ihn zwickte und zwackte, bis sie das Zelt von Liplips Herrn erreicht hatten. Hier kam Liplip ein Indianer zur Hilfe und verjagte White Fang, der einem wütenden Teufel glich, mit Steinwürfen.

Dann kam der Tag, an dem der Graue Biber entschied, daß Kiche jetzt nicht mehr weglaufen würde, also freigelassen werden könne. White Fang war glücklich über die Freiheit seiner Mutter. Freudig erregt begleitete er sie durch das Lager, und solange er an Kiches Seite blieb, hielt sich Liplip in respektvoller Entfernung. White Fang reizte ihn und ging steifbeinig auf ihn zu, aber Liplip übersah die Herausforderung. Er war kein Narr, und obwohl er auf Rache sann, wollte er warten, bis er White Fang einmal allein traf.

Später liefen Kiche und White Fang zum Waldrand in der Nähe des Lagers. Er hatte seine Mutter dahin gelockt, Schritt für Schritt, und als sie stehenblieb, versuchte er, sie tiefer in den Wald zu locken, denn der Fluß, die Höhle und der stille Wald riefen ihn, und er wollte diesem Rufe folgen. Er lief ein paar Schritte weiter, blieb stehen und sah sich um. Die Mutter bewegte sich nicht. Er winselte bittend, lief wie im Spiel ins Unterholz hinein und wieder heraus. Er lief zurück zu ihr, leckte ihr Gesicht und lief wieder voraus. Aber trotzdem bewegte sich Kiche nicht. Er blieb stehen und beobachtete sie, gespannt und erregt, bis sie den Kopf wandte und zum Lager zurückblickte.

Irgend etwas rief ihn aus der freien Wildnis, und auch die Mutter vernahm diesen Ruf, aber sie hörte auch den anderen und stärkeren Ruf, den des Feuers und der Menschen.

Kiche drehte sich um und lief langsam ins Lager zurück. White Fang setzte sich in den Schatten einer Birke und wimmerte kläglich. Es roch dort stark nach Wald und Holz, und das erinnerte ihn an die Zeit seines freien Lebens vor den Tagen der Knechtschaft. Aber er war noch ein junges, schwaches Tier, und der Ruf der Mutter war stärker, als der der freien Wildnis. Die ganze kurze Zeit seines Lebens war er auf sie angewiesen gewesen. Die Zeit der Unabhängigkeit war noch nicht gekommen. So erhob er sich und trottete traurig ins Lager zurück, nicht ohne einige Male haltzumachen, sich hinzusetzen und zu winseln und auf die Töne zu lauschen, die ihn aus der Tiefe des Waldes riefen.

In der Wildnis bleibt ein Junges nur kurze Zeit bei seiner Mutter, unter der Herrschaft der Menschen ist sie bisweilen noch kürzer. So erging es White Fang. Der Graue Biber stand bei Drei Adler in Schuld, und dieser machte sich gerade auf, um auf dem Mackenzie zum Großen Sklaven-See zu fahren. Ein Stück rotes Tuch, ein Bärenfell, zwanzig Patronen und Kiche reichten aus, diese Schuld zu bezahlen. White Fang sah, wie seine Mutter in Drei Adlers Boot gebracht wurde, und er versuchte, ihr zu folgen. Ein Schlag von Drei Adler warf ihn aufs Ufer zurück. Das Boot stieß ab. White Fang sprang ins Wasser und schwamm hinterher, taub gegen die energische Stimme des Grauen Bibers, der ihn zurückrief. So groß war der Schreck, seine Mutter verlieren zu sollen, daß er sogar den Befehl eines Menschen, eines Gottes, mißachtete.

Aber Götter sind gewohnt, daß man ihnen gehorcht, und der Graue Biber sprang ärgerlich in sein Boot, um ihn zu verfolgen. Als er White Fang eingeholt hatte, packte er ihn im Nacken und hob ihn aus dem Wasser. Doch er warf ihn nicht gleich ins Boot. Er hielt ihn mit der einen Hand hoch und verabreichte ihm mit der anderen eine gehörige Tracht Prügel. Seine Hand war hart, jeder Schlag schmerzte, und er sparte damit nicht.

White Fang schwang, bewegt von den Schlägen, wie ein

Pendel hin und her. Seine Empfindungen waren sehr unterschiedlich. Zuerst empfand er bloß Überraschung, dann Furcht, und er heulte bei jedem Schlag auf. Auf die Furcht folgte Zorn. Seine Natur empörte sich, und er knurrte furchtlos dem erzürnten Gottmenschen ins Gesicht. Aber dies ließ den Gott noch zorniger werden, und die Schläge fielen dichter und noch härter, und sie schmerzten noch mehr.

Der Graue Biber fuhr fort, ihn zu verprügeln, doch das konnte er nicht ewig tun. Einer von beiden mußte nachgeben, und das tat White Fang. Die Furcht gewann Oberhand. Zum ersten Male hatte ihn ein Mensch richtig geschlagen. Die gelegentlichen Schläge, die er vorher erhalten hatte, waren Liebkosungen im Vergleich zu den Hieben des Grauen Bibers gewesen. Er gab auf und begann, kläglich zu wimmern.

Der Graue Biber ließ die Hand sinken. White Fang ließ sich schlapp hängen und winselte weiter. Dies schien seinen Herrn zu besänftigen, denn er warf ihn auf den Boden des Bootes, das inzwischen ein Stück abgetrieben war. Der Graue Biber nahm das Paddel — dabei war ihm White Fang im Wege. Er stieß ihn mit dem Fuß fort. Da brach White Fangs Natur wieder durch, und er biß tief in den Fuß.

Die Schläge, die er eben erhalten hatte, waren nichts im Vergleich zu denen, die nun folgten. Der Graue Biber war so wütend, wie White Fang erschrocken war. Nicht nur die Hand, auch das Paddel wurde jetzt benutzt. Sein ganzer kleiner Körper war wie zerschlagen, als er wieder in das Boot geworfen wurde. Wieder stieß der Graue Biber, diesmal aber absichtlich, mit dem Fuß nach ihm. White Fang wiederholte seinen Angriff auf den Fuß nicht. Niemals, unter keinen Umständen, durfte man wagen, den Gott, der sein Herr war, zu beißen. Der Körper der Götter und Herren war heilig und durfte durch die Zähne eines Geschöpfes seiner

Art nicht verletzt werden. Das war ganz augenscheinlich das schwerste aller Vergehen, das einzige, das niemals geduldet oder übersehen wurde.

Als das Boot das Ufer erreichte, blieb White Fang wimmernd und beweglos liegen und wartete darauf, was der Graue Biber entschied. Dieser entschied, daß White Fang an Land fliegen sollte, und so warf er ihn hinüber, und White Fang schlug schwer auf, was ihm erneut Schmerzen bereitete. Taumelnd richtete er sich auf und stand zitternd da. Liplip, der alles vom Ufer aus mitangesehen hatte, stürzte sich auf ihn, warf ihn um und biß ihn. White Fang war zu schwach, um sich zu verteidigen, und es wäre ihm böse ergangen, hätte nicht der Fuß des Grauen Bibers Liplip in die Luft geschleudert, so daß er ein Dutzend Schritte entfernt aufschlug. Das war menschliche Gerechtigkeit! Und jetzt, in seiner jämmerlichen Verfassung, empfand White Fang fast so etwas wie Dankbarkeit. Er hinkte gehorsam hinter dem Grauen Biber ins Lager. An diesem Tage lernte White Fang, daß das Recht zu strafen den Göttern vorbehalten und niederen Wesen versagt war.

In der Nacht, als alles ruhig war, dachte White Fang an seine Mutter und trauerte um sie. Er trauerte so laut, daß der Graue Biber erwachte und ihn neuerlich schlug. Daraufhin trauerte er nur noch leise, wenn Menschen in der Nähe waren. Aber manchmal schlich er sich in den Wald und ließ seiner Trauer freien Lauf und heulte in lauten, klagenden Tönen.

Aber es war trotzdem nicht immer nur eine freudlose Gefangenschaft. Es gab auch viel Interessantes. Irgend etwas geschah immer. Mit den rätselhaften Dingen, die die Götter taten, nahm es kein Ende, und es war immer bemerkenswert. Außerdem lernte er, sich auf den Grauen Biber einzustellen.

Unbedingter Gehorsam, das war es, was von ihm verlangt wurde, aber dafür erhielt er auch keine Schläge und wurde geduldet.

Manchmal warf ihm der Graue Biber sogar ein Stück Fleisch hin und ließ nicht zu, daß die anderen Hunde es ihm wegnahmen. Solch ein Stück Fleisch, das war schon etwas! Es war seltsamerweise mehr wert als ein ganzes Dutzend von Fleischstücken aus der Hand einer Indianerin. Der Graue Biber streichelte oder liebkoste ihn nie, aber dennoch entstand nach und nach eine gewisse Anhänglichkeit zwischen ihm und seinem unfreundlichen Herrn und Meister.

Unmerklich und auf kaum feststellbare Weise wurden White Fang immer festere Fesseln angelegt. So traurig das Lagerleben für ihn auch war, es wurde ihm von Tag zu Tag lieber. White Fang wußte das nicht. Er wußte nur, wie tief ihn der Verlust von Kiche schmerzte, und er hoffte, sie würde wiederkommen. Doch bei allem brannte bisweilen in ihm eine tiefe Sehnsucht nach dem freien Leben, das er einst hatte führen dürfen ...

Liplip aber fuhr fort, White Fangs Leben zu verdüstern, so daß er bösartiger und heimtückischer wurde, als es eigentlich seiner Natur entsprach. Zwar war er wild von Geburt, aber jetzt überschritt er seine Grenzen. Sogar bei den Menschen galt er als heimtückisch. Wenn es irgendwo Unruhe oder Lärm gab oder eine Indianerin zu schimpfen begann, weil ihr ein Stück Fleisch gestohlen worden war, dann waren sie alle sicher, White Fang sei daran beteiligt oder sogar der Urheber. Sie gaben sich keine Mühe herauszufinden, warum er sich so benahm. Sie sahen lediglich das Ergebnis, und das war böse. Er war ein Schleicher und ein Dieb, ein Unruhestifter und Störenfried. Wütende Frauen schrien ihm das ins Gesicht, während er sie aufmerksam beobachtete, um einem Wurfgeschoß ausweichen zu können. Er sei ein Wolf, riefen sie ihm zu, und keinen Schuß Pulver wert, mit ihm werde es ein böses Ende nehmen.

Er betrachtete sich selbst als ein Ausgestoßener, mitten im Lager. Die jungen Hunde hatten Liplip als Führer anerkannt. Es gab einen Unterschied zwischen White Fang und ihnen. Vielleicht fühlten sie, daß er in der freien Wildnis zur Welt gekommen war, und instinktiv empfanden sie ihm gegenüber die Feindschaft, die Haushunde Wölfen gegenüber empfinden. Sei es, wie es sei, sie hielten mit Liplip zusammen, um ihn zu verfolgen. Nachdem sie ihm einmal ihre Feindschaft erklärt hatten, besaßen sie gute Gründe, dabei zu bleiben. Jeder einzelne mußte von Zeit zu Zeit seine Zähne fühlen, und — das erhöhte sein Ansehen — er teilte mehr Bisse aus, als er empfing. Die meisten hätte er im Kampf Hund gegen Hund besiegt, aber dazu kam es nie. Kaum hatte solch ein Kampf begonnen, dann kamen alle jungen Hunde des Lagers hinzu und fielen über ihn her. Dabei lernte er zwei wichtige Dinge: erstens, wie er sich in einem Kampf gegen viele behaupten konnte, und zweitens, wie er einem einzelnen Hund in kürzester Zeit den größten Schaden zufügen könne.

Wenn Hunde kämpfen, dann sind Vorgefechte üblich. Sie knurren und gehen mit steifen Beinen um ihren Gegner herum. White Fang verzichtete darauf. Jede Verzögerung bedeutete, daß die anderen Hunde zu Hilfe kamen. Er mußte die Sache schnell erledigen und sich dann davonmachen. So lernte er, seine Absichten nicht durch Warnungen zu verraten. Er sprang seinen Gegner an, ehe der sich darauf einstellen konnte, und biß und schnappte sofort zu. So lernte er, seinen Gegner schnell und schmerzhaft zu verletzen, auch lernte er den Vorteil der Überraschung. Paßte ein Hund nicht auf, so war ihm schon die Schulter aufgerissen und ein Ohr zerschlitzt, ehe er noch wußte, wie ihm geschah.

Es war überhaupt leicht, einen überraschten Hund umzuwerfen. Dabei entblößte er für einen Augenblick die weiche

Stelle an der Kehle, die verwundbare Stelle, in der sein Leben pulste. White Fang kannte diese Stelle. Diese Kenntnis war unmittelbar auf ihn von den jagenden Wölfen, seinen Vorfahren, gekommen. White Fang hatte bestimmte Methoden entwickelt, wenn er angriff: erstens mußte er einen Hund allein vor sich haben, zweitens mußte er ihn überraschen, und drittens mußte er ihm die Zähne in die Schlagader schlagen.

Da er noch nicht ausgewachsen war, hatten seine Kinnladen noch nicht genügend Kraft, den Aderbiß tödlich werden zu lassen, aber viele junge Hunde im Lager liefen mit zerrissenem Halse herum. Als er aber eines Tages einen seiner Feinde allein am Waldrand traf, gelang es ihm, die große Schlagader zu zerbeißen und das Leben herausströmen zu lassen. An diesem Abend gab es viel Lärm im Lager, denn White Fang war beobachtet worden. Die Nachricht wurde dem Besitzer des toten Hundes überbracht; die Indianerfrauen erinnerten sich daran, wie oft er Fleisch gestohlen hatte, und der Graue Biber bekam viele wütende Worte zu hören. Aber unerschütterlich stand er vor dem Eingang seines Zeltes, in dessen Schutz er den Übeltäter gesteckt hatte, und weigerte sich, ihn seinen Stammesgefährten auszuliefern.

White Fang war von da an bei den Menschen wie bei den Hunden verhaßt, und keine Minute war er sicher. Die Zähne jedes Hundes und die Hand jedes Mannes waren gegen ihn. Er wurde mit einem Knurren von seinen Artgenossen begrüßt, mit Peitschenhieben und Steinen von deren Herren. Sein Leben hieß Wachsamkeit. Er war immer auf dem Sprung, bereit, anzugreifen oder angegriffen zu werden, immer auf überraschende Wurfgeschosse gefaßt, darauf eingestellt, schnell und kaltblütig zu handeln, mit blitzenden Zähnen anzuspringen oder sich knurrend aus dem Staube zu machen.

Was das Knurren anbetraf, so konnte er gefährlicher

knurren als irgendein junger oder alter Hund im Lager. In dieses Knurren legte er all seine Wildheit, seine Bösartigkeit und seine Gefährlichkeit hinein. Seine Nase zuckte dabei unaufhörlich, sein Haar war gesträubt, seine Zunge wippte hin und her wie eine rote Schlange, die Ohren waren angelegt, die Augen blickten haßerfüllt, und die Zähne waren entblößt, der Speichel tropfte ihm aus dem Maule. Allein durch diesen Anblick konnte er oft einen Angriff verzögern. Dadurch gewann er Zeit, um zu entscheiden, wie er sich verhalten solle. Oft dehnte sich diese Pause so lange aus, daß der Kampf ganz unterblieb. Mehr als einmal ermöglichte sein gefährliches Knurren es White Fang sogar, einen ehrenvollen Rückzug vor ausgewachsenen Hunden anzutreten.

Er war für das Rudel ein Ausgestoßener. Aber bei seiner blutdürstigen und erfolgreichen Kampfesweise mußte das Rudel für die Verfolgung teuer bezahlen. Da es ihm nicht erlaubt war, sich dem Rudel anzuschließen, ergab sich die kuriose Lage, daß kein Mitglied des Rudels sich außerhalb der Gemeinschaft zu bewegen wagte. White Fang erlaubte das nicht. Die Furcht vor seiner hinterhältigen Taktik zwang die jungen Hunde zusammenzubleiben. Mit Ausnahme von Liplip mußten sie sich gemeinsam gegen den furchtbaren Feind schützen, den sie sich gemacht hatten. Ein junger Hund allein am Flußufer, das bedeutete einen toten Hund oder wenigstens einen, der laut heulend vor White Fang ins Lager floh.

Aber White Fangs Rache hörte auch nicht auf, als die jungen Hunde gelernt hatten, immer zusammenzubleiben. Er griff sie an, wenn er einen allein traf, und sie griffen ihn an, wenn sie im Rudel waren. Schon sein Anblick genügte, sie zur Verfolgung anzustacheln, wobei seine Schnelligkeit ihn gewöhnlich in Sicherheit brachte. Aber wehe dem Hunde, der dabei seinen Gefährten zu weit voranlief! White

Fang hatte es gelernt, plötzlich zu wenden und über seinen Verfolger herzufallen und ihn zu erledigen, ehe das Rudel eingreifen konnte. Dies geschah oft, denn wenn die Hunde einmal von der Erregung der Jagd ergriffen waren, ließen sie alles außer acht. White Fang aber tat dies nie. Nach hinten schielend, während er lief, war er immer bereit, herumzuwirbeln und sich auf einen Feind zu werfen, der zu weit vor seinen Gefährten herlief.

Junge Hunde spielen gern, und notgedrungen machten sie auch aus dem Krieg ein Spiel. So geschah es, daß die Jagd auf White Fang ihr Lieblingsspiel wurde, ein tödliches Spiel! White Fang, der schnellfüßiger war als sie, wagte sich überall hin. Während der Zeit, da er noch auf die Rückkehr seiner Mutter wartete, verleitete er das Rudel oft zu einer wilden Jagd durch den nahen Wald. Aber regelmäßig verlor das Rudel dann seine Spur. Ihr Lärm und Gebell verrieten White Fang, wo die Verfolger waren, während er allein dahinlief, leichtfüßig, schweigend, ein gleitender Schatten zwischen den Bäumen, wie einst sein Vater und seine Mutter. Er kannte die Wildnis besser als das Rudel. Sein Lieblingstrick war es, seine Spur in einem fließenden Wasser verschwinden zu lassen und dann ruhig im nahen Dikkicht zu liegen, während das Gekläff rings um ihn erklang.

Gehaßt von seiner eigenen Art, rastlos, immer umhergetrieben und selbst ununterbrochen Krieg führend, entwikkelte er sich schnell, doch einseitig. Für Güte und Gefühlswärme war kein Raum. Von solchen Dingen hatte er nicht die geringste Ahnung. Sein Leben hieß, dem Starken zu gehorchen und die Schwachen zu besiegen. Der Graue Biber war stark, also gehorchte White Fang ihm. Ein junger Hund aber war schwach, also konnte er ihn vernichten. Um die immerwährende Gefahr, verwundet oder gar getötet zu werden, bestehen zu können, mußte er die Eigenschaften entwickeln, die ihn davor schützen konnten: Schnelligkeit im Handeln und in der Bewegung, Kraft, Schlauheit und Grausamkeit. Hätte er all das nicht gelernt, dann hätte er in der feindlichen Umgebung, in der er sich befand, niemals überleben können.

VI.

Hunger

Als die Tage kürzer wurden und die ersten Fröste kamen, konnte White Fang seiner Sehnsucht nach Freiheit nicht länger widerstehen. Seit einigen Tagen ging es im Lager sehr aufgeregt zu. Das Sommerlager wurde abgebaut, und der Stamm bereitete sich darauf vor, mit Sack und Pack ins Jagdlager zu ziehen. White Fang beobachtete alles mit wachen Augen. Als die Zelte umgelegt und die Boote am Ufer beladen wurden, ahnte er, was vor sich ging. Schon waren einige Boote abgefahren und außer Sicht.

Er wartete eine günstige Gelegenheit ab. Dann schlich er sich aus dem Lager in den Wald. Hier verwischte er in einem Fluß, auf dem sich schon Eis bildete, seine Spur. Dann kroch er tief in ein Dickicht hinein und wartete. Die Zeit verging. Er schlief ein paar Stunden. Dann hörte er den Grauen Biber seinen Namen rufen. Er hörte noch andere Stimmen, die der Frau des Grauen Bibers, die sich an der Suche beteiligte, und die von Mit-sah, dem Sohn der beiden.

White Fang zitterte vor Angst, aber er widerstand dem Trieb, aus seinem Versteck zu kriechen. Nach einer ganzen Zeit erstarben die Stimmen, und er kroch hervor, um den Erfolg seines Unternehmens zu genießen. Es war Nacht geworden, und eine ganze Zeit spielte er unter den Bäumen und freute sich über seine Freiheit. Dann plötzlich überkam ihn das Gefühl der Einsamkeit. Er setzte sich nieder, lauschte in das Schweigen des Waldes und fand es niederdrükkend. Diese Stille und Bewegungslosigkeit waren unheimlich. Er begann, sich vor den bleichen hohen Bäumen zu fürchten und vor den dunklen Schatten, die viele Gefahren in sich bergen konnten.

Dann wurde es auch noch kalt. Hier gab es keine warme Zeltwand, an die man sich schmiegen konnte. Der Frost drang in seine Füße, und er hob sie abwechselnd und deckte den buschigen Schwanz darüber. Er sah wieder das Lager vor sich, die Zelte und den Schein des Feuers. Da gab es nichts, was er nicht kannte. Frauen, die tiefen Stimmen der Männer und das Knurren der Hunde. Er wurde hungrig, und er dachte an die Stücke Fleisch und Fisch, die ihm hingeworfen worden waren. Hier gab es kein Fleisch, hier gab es nur ein drohendes und bedrückendes Schweigen.

Die Gefangenschaft hatte ihn verweichlicht, das Lagerleben ihn geschwächt. Er hatte verlernt, für sich selber zu sorgen. Die Nacht ängstigte ihn. Seine Sinne, an das Treiben im Lager gewöhnt, an immer neue Eindrücke und Töne, waren abgestumpft. Hier geschah nichts, hier war nichts zu sehen oder zu hören.

Er zuckte vor Schreck zusammen. Etwas Riesiges und Formloses lief durch sein Blickfeld. Es war der Schatten eines Baumes, den der Mond warf, der aus den Wolken getreten war. Als er sich beruhigt hatte, begann er zu winseln, aber er unterdrückte sofort jeden Laut, denn er konnte womöglich die überall lauernde Gefahr anziehen.

Ein Baum, dessen Holz sich in der Kälte zusammenzog, knackte laut, genau über ihm. Vor Schreck winselte er wieder auf. Panische Angst packte ihn, und wie von Sinnen lief er auf das Lager zu.

Unwiderstehliche Sehnsucht nach menschlicher Gesellschaft und ihrem Schutz überfiel ihn. In seiner Vorstellung roch er den Rauch der Lagerfeuer, hörte er den Lärm der Menschen. Er verließ den Wald und lief auf die mondhelle

Lichtung, wo es weder Schatten noch Dunkelheit gab. Aber kein Lager erfreute sein Auge. Man war ja fortgezogen.

Seine wilde Flucht endete sogleich, sie hatte ja kein Ziel. Er schlich verloren über den verlassenen Lagerplatz und schnupperte an den Kehrichthaufen und den weggeworfenen Brocken seiner Götter herum. Jetzt wäre er über jeden nach ihm geworfenen Stein glücklich gewesen, und auch über eine Tracht Prügel von der Hand des Grauen Bibers. Das knurrende, jagdwütige Rudel und Liplip hätte er freudig begrüßt.

Er kam an den Platz, wo das Zelt des Grauen Bibers gestanden hatte. Dort ließ er sich nieder und hob seine Nase in den Mondschein. Die Kehle war ihm wie zugeschnürt, das Maul offen, und ein herzzerreißendes Geheul verkündete seine ganze Verlassenheit, seine Trauer um Kiche, den erlittenen Kummer, den Jammer und seine Furcht vor dem, was ihm noch bevorstand. Es war das erste lange, traurige Wolfsgeheul, das er je ausgestoßen hatte.

Die beginnende Dämmerung befreite ihn von seiner Furcht, doch sie vermehrte seine Einsamkeit und Verlassenheit. Die leere Erde, die noch vor kurzem so bevölkert gewesen war, führte ihm dies noch deutlicher vor Augen. Er brauchte nicht lange, um einen Entschluß zu fassen. White Fang lief in den Wald und folgte dem Fluß am Ufer entlang. Den ganzen Tag lief er und machte keine Pause, als sei er nur geschaffen, um zu laufen. Sein Körper kannte keine Müdigkeit, und als er dann doch müde wurde, trieb ihn seine ererbte Ausdauer immer wieder vorwärts.

Wenn steile Ufer emporstiegen, erklomm er sie, Bäche und Flüsse, die in den Strom mündeten, durchschwamm er. Manchmal lief er auf dem Eis, das sich am Ufer bildete, und mehr als einmal brach er ein und kämpfte dann in der eisigen Strömung um sein Leben. Dabei suchte er nach einer Spur der Götter.

White Fang war klüger als die meisten Tiere seiner Rasse. Aber seine Vorstellungskraft reichte nicht aus, um an das andere Ufer des Mackenzie zu denken. Was denn, wenn die Spur, die er suchte, am anderen Ufer zu finden war? Dieser Gedanke kam ihm nicht. Später, als er mehr herumgekommen, als er älter und erfahrener geworden war und mehr von Fährten und Flüssen verstand, wäre ihm vielleicht eine solche Möglichkeit eingefallen. Aber das lag noch in ferner Zukunft. Jetzt rannte er blindlings weiter und bezog nur dieses eine Ufer des Mackenzie in seine Überlegungen ein.

Die ganze Nacht lief er so, stolperte über Hindernisse und Widerstände. Doch das konnte zwar seinen Lauf verzögern, aber nicht aufhalten. Am Mittag des nächsten Tages war er ununterbrochen dreißig Stunden gelaufen, und nun waren selbst seine eisernen Muskeln erschöpft. Aber sein Wille trieb ihn weiter. Seit vierzig Stunden hatte er nichts mehr gefressen, und er war schwach vor Hunger. Das wiederholte Einbrechen in das eiskalte Wasser war nicht ohne Wirkung geblieben. Sein früher so glattes Fell war struppig geworden, seine Pfoten bluteten. Er begann zu hinken, und das wurde von Stunde zu Stunde schlimmer. Um das Maß vollzumachen, wurde es auch düster, und es begann zu schneien. Der Schnee war naß, klumpig und glitschig unter seinen Füßen, und er verbarg die Unebenheiten im Boden, so daß jeder Schritt gefährlich und schmerzvoll wurde.

An diesem Abend hatte der Graue Biber am anderen Ufer des Mackenzie sein Lager aufschlagen wollen, denn drüben lagen die Jagdgründe. Aber ein Elch war am diesseitigen Ufer zum Trinken an den Fluß gekommen, und Kloo-Kooch, die Frau des Grauen Bibers, hatte ihn erspäht, und der Graue Biber ihn mit einem Glücksschuß erlegt. So zeltete der Graue Biber am diesseitigen Ufer, und White Fang konnte nicht vorbeilaufen.

Wieder war es Nacht geworden. Der Schnee fiel immer

dichter, und White Fang humpelte weiter; da stieß er auf eine frische Spur im Schnee. Sie war so frisch, daß er sie sofort erkannte. Er winselte freudig auf und folgte der Spur vom Ufer in den Wald. Bald hörte er die Geräusche eines Lagers. Er sah den Feuerschein, Kloo-Kooch kochte, und der Graue Biber saß breitbeinig am Boden und verzehrte ein Stück rohen Talg. Es gab also frisches Fleisch im Lager!

White Fang erwartete eine Tracht Prügel. Er duckte sich, und sein Haar sträubte sich, als er daran dachte. Dann lief er weiter. Er fürchtete sich vor den Schlägen, die er erwarten mußte, aber ebenso freute er sich auf die Wärme des Feuers, und auf den Schutz der Gottmenschen, auf die Gesellschaft der Hunde, zwar eine Gesellschaft der Feinde, aber trotzdem eine Gesellschaft.

Er näherte sich kriechend dem Feuer. Der Graue Biber erblickte ihn und hörte auf, an seinem Talg zu kauen. White Fang kroch langsam näher, unterwürfig und demütig. Er kroch geradenwegs auf den Grauen Biber zu, zuletzt nur noch Zentimeter um Zentimeter. Dann lag er zu den Füßen seines Herrn, in dessen Gewalt er sich wieder freiwillig mit Leib und Seele begeben hatte. White Fang zitterte, denn nun mußte die Tracht Prügel kommen. Schon war die Hand des Herrn über ihm, aber sie fuhr nicht herunter. Er schielte verstohlen hinauf. Der Graue Biber zerbrach das Stück Talg in zwei Hälften, und dann bot er ihm die eine Hälfte an. Ängstlich und unsicher beroch es White Fang erst, dann begann er es zu verzehren. Der Graue Biber befahl, daß man ihm ein Stück Fleisch bringe, und er beschützte ihn vor den anderen Hunden, während er es fraß. Dann lag White Fang zu den Füßen des Grauen Bibers, blinzelte in das wärmende Feuer, sicher, daß er am nächsten Morgen nicht mutterseelenallein durch einsame Wälder streifen müsse, sondern im Lager der Menschengeschöpfe erwachen werde, denen er sich unterworfen hatte und von denen er abhängig war ...

Als es Dezember geworden war, brach der Graue Biber auf, um mit Mit-sah und Kloo-Kooch den Mackenzie hinaufzuziehen. Einen Schlitten lenkte er selbst, Hunde, die er gekauft oder sich geliehen hatte, zogen ihn. Einen zweiten kleineren Schlitten lenkte Mit-sah. Den zog ein Gespann von jungen Hunden. Es war eine Art Spielzeug, aber Mit-sah machte es Spaß, denn das war die erste Männerarbeit in seinem Leben. Auch lernte er dabei, Hunde zu lenken und zu erziehen, während die jungen Tiere abgerichtet wurden. Außerdem hatte der Schlitten seinen Wert, denn er trug fast zweihundert Pfund an Ausrüstung und Lebensmitteln.

White Fang hatte die Lagerhunde im Gespann gehen sehen, so daß er es gelassen hinnahm, als er zum erstenmal vor einen Schlitten gespannt wurde. Über seinen Nacken wurde ein mit Moos gefütterter Riemen gelegt, der durch zwei Riemen mit einem Gurt verbunden war, der um die Brust und über dem Rücken lag. Daran war der lange Strick befestigt, der den Schlitten zog.

Es waren sieben junge Hunde in dem Gespann. Sie waren neun und zehn Monate alt, White Fang nur acht. Jeder Hund war an den Schlitten durch einen eigenen Strick gebunden, jeder Strick war verschieden lang, so daß zwischen zwei Hunden mindestens eine Körperlänge Abstand lag. Jeder Strick war wiederum an einen Ring am vorderen Ende des Schlittens befestigt. Der Schlitten war aus Birkenrinde und hatte keine Kufen, das Vorderteil war emporgebogen, so daß es den Schnee nicht umpflügen konnte. Durch diese Bauart verteilte sich das Gewicht der Ladung auf den ganzen Schlitten. Die Hunde liefen fächerförmig vor dem Schlitten, so daß kein Tier in die Spur des anderen trat.

Es gab noch einen weiteren Vorteil. Die unterschiedliche Länge der Zugseile hinderte die Hunde daran, sich anzufallen, denn wenn einer dies tun wollte, mußte er sich umdrehen. In diesem Falle hatte er zwar den Hund, den er angreifen wollte, vor sich, doch ebenso die Peitsche des Fahrers.

Mit-sah glich seinem Vater darin, daß er viel von dessen Klugheit geerbt hatte. Er hatte beobachtet, wie Liplip White Fang verfolgte. Nun gehörte Liplip ihm, und er rächte sich an ihm und band ihn an den längsten Strick. Dadurch wurde Liplip zum Leithund. Das war zwar eine Ehre, aber in Wirklichkeit hatte er wenig von der Ehre. Anstatt der Herr des Rudels zu sein, wurde er von diesem gehaßt und verfolgt.

Weil er am Ende des längsten Seiles lief, sahen die anderen Hunde ihn immer vor sich herlaufen. Sie sahen nur seinen buschigen Schwanz und seine fliegenden Hinterläufe, und das war weit weniger eindrucksvoll als gesträubtes Haar und blitzende Zähne. Außerdem entstand so der Wunsch, ihm nachzulaufen, ihm, der anscheinend vor ihnen flüchtete.

Von dem Augenblick an, da der Schlitten startete, geriet das Rudel hinter Liplip in eine Art Jagdfieber, das den ganzen Tag über anhielt. Anfangs hatte Liplip versucht, auf seine Verfolger loszugehen, aber da fuhr ihm die Spitze von Mit-sahs dreißig Fuß langer Peitsche aus Rentierdarm ins Gesicht und zwang ihn, sich wieder nach vorn zu wenden und weiterzulaufen. Liplip konnte es wagen, dem Rudel die Stirn zu bieten, aber der Peitsche konnte er nicht entgehen. Es blieb ihm nichts anderes übrig, als das Zugseil straff zu halten und sich aus dem Bereich der Zähne seiner Gefährten zu entfernen.

Der Indianer sann aber auf noch bösere Kniffe. Um Liplip bei den anderen noch verhaßter zu machen, bevorzugte er ihn ganz offensichtlich. Diese Bevorzugung erzeugte in den anderen Eifersucht und Haß. In ihrer Gegenwart reichte Mit-sah ihm Fleisch, und nur ihm allein. Das machte sie wütend. Sie rasten dann um die beiden herum, genau außerhalb der Reichweite der Peitsche, während Liplip das Fleisch verschlang und Mit-sah ihn schützte. Wenn das Fleisch verzehrt war, hielt Mit-sah das Rudel weiterhin in entsprechender Entfernung, so daß die Hunde glaubten, Liplip erhielte noch mehr Fleisch.

White Fang gefiel diese Arbeit. Er hatte schon weitere Entfernungen zurückgelegt als die anderen Hunde, um sich den Menschengöttern zu unterwerfen, und er hatte gründlicher gelernt, wie nutzlos es war, sich ihnen zu widersetzen. Außerdem hatte die Verfolgung, die er von dem Rudel hatte erleiden müssen, dieses in seiner Vorstellung herabgesetzt, den Menschen aber um so mehr erhöht. Er hatte gelernt, von dieser Art Gesellschaft nicht abhängig zu sein. Außerdem war Kiche so gut wie vergessen, und die Anhänglichkeit, die ihm geblieben war, wandte er nun den Menschen zu, die er als seine Herren anerkannt hatte. So hielt er Disziplin und war gehorsam. Treue und guter Wille waren kennzeichnend für ihn, wie gewöhnlich für Wölfe und Wildhunde, wenn sie Haustiere wurden, und White Fang besaß diese Eigenschaften in außergewöhnlichem Maße.

Zwischen White Fang und den anderen Hunden gab es keine Gemeinschaft, sondern nur Kampf und Feindschaft. Er hatte niemals mit ihnen gespielt. Er verstand lediglich zu kämpfen, und er kämpfte mit ihnen und gab ihnen hundertfach die Bisse zurück, die er von ihnen empfangen hatte, als Liplip noch ihr Führer war. Aber der war jetzt nur noch ihr Führer, wenn er vor seinen Gefährten am längsten Zugseil herlief und den Schlitten zog. Im Lager hielt sich Liplip in der Nähe von Mit-sah, dem Grauen Biber oder Kloo-kooch auf. Er wagte nicht, die Nähe der Gottmenschen zu verlassen, denn er hatte alle Hunde gegen sich, und nun erfuhr er selber, was es heißt, von allen verfolgt zu werden.

Nachdem Liplip ausgeschaltet war, hätte eigentlich White Fang Führer des Rudels werden können. Aber dazu war er zu sehr Einzelgänger. Sie gingen ihm aus dem Wege. Auch der Mutigste des Rudels wagte nicht, ihm sein Stück Fleisch streitig zu machen. Im Gegenteil, sie verschlangen hastig ihr Fleisch, aus Sorge, er könnte es ihnen wegnehmen. White Fang kannte gut das Gesetz: unterdrücke die Schwachen und gehorche den Starken! Er verschlang sein Stück Fleisch so schnell es überhaupt ging. Wehe dem Hunde, der es nicht auch getan hatte. Ein Knurren, ein Zähnefletschen, und der Hund konnte seine Empörung den gefühllosen Sternen klagen, während White Fang an seiner Stelle das Fleisch fraß. Dann und wann empörte sich ein Hund, aber er wurde prompt zur Vernunft gebracht. So blieb White Fang in Übung. Er war eifersüchtig darauf bedacht, allein zu bleiben, und oft kämpfte er nur dafür. Doch solche Kämpfe waren von kurzer Dauer. Er war für die andern zu schnell. Sie bluteten, ehe sie begriffen hatten, was überhaupt geschah, und sie waren schon besiegt, noch ehe sie richtig gekämpft hatten.

So streng wie die Disziplin, die die Menschen über dem Gespann hielten, so streng war die Disziplin, die White Fang unter seinen Gefährten hielt. Er erlaubte ihnen auch nicht die kleinste Nachlässigkeit. Er zwang sie zu uneingeschränktem Respekt. Untereinander konnten sie tun, was sie wollten, das berührte ihn nicht. Aber sie hatten ihm gefälligst aus dem Wege zu gehen, wenn er geruhte, sich unter sie zu begeben, und sie mußten zu jeder Zeit seine Herrschaft anerkennen. Es brauchte nur einer versuchen, steifbeinig zu gehen, die Zähne zu zeigen oder das Haar zu sträuben. Schon fiel White Fang über ihn her, unbarmherzig und grausam, und bald mußte der andere seinen Irrtum einsehen.

Die Monate vergingen, und noch immer war der Graue Biber unterwegs. White Fangs Stärke wuchs durch die langen Stunden ständiger Anstrengung vor dem Schlitten, und auch seine geistige Entwicklung schien so gut wie abgeschlossen. Die Welt, wie er sie sah, war eine harte, brutale Welt, ohne Wärme, ohne Zärtlichkeit.

Er empfand keine Zuneigung für den Grauen Biber. Zugegeben, er war ein Gott, aber er war ein unbändiger Gott. White Fang erkannte gern seine Herrschaft an, aber diese Herrschaft beruhte auf überlegener Intelligenz und brutaler Strenge. Etwas in White Fangs Wesen sehnte sich nach der Unterwerfung unter diese Herrschaft, sonst wäre er nicht aus der freien Wildnis zurückgekommen. Aber es gab in ihm Seiten, die noch nie berührt worden waren. Ein freundliches Wort, ein zärtliches Streicheln von der Hand des Grauen Bibers würden ihn zutiefst aufgewühlt haben. Aber der Graue Biber kannte kein freundliches Wort und kein Streicheln. Das war nicht seine Art. Seine Überlegenheit war Strenge und Gerechtigkeit, und diese erwirkte er mit dem Stock. Jeder Übertretung folgte ein schmerzender Schlag, und seine Zufriedenheit äußerte sich darin, daß er auf Schläge verzichtete.

So ahnte White Fang nichts davon, wieviel Seligkeit für ein Tier das Streicheln von der Hand des Herrn bedeuten kann. Deshalb liebte er die Hände der Menschen auch nicht. Sie waren ihm verdächtig; manchmal verteilten sie Fleisch, aber öfter Schläge. Es war besser, sich von ihnen fern zu halten. Sie warfen Steine, handhabten Stöcke und Gerten, verteilten Schläge und Stöße, und wenn sie einen berührten, so kniffen, pufften und zwickten sie meistens. In fremden Dörfern hatte er Bekanntschaft mit Kinderhänden machen müssen. Sie waren grausam und verursachten Schmerzen. Einmal war ihm von einem Kind, das fast noch ein Säugling war, beinahe ein Auge ausgestoßen worden. Seitdem waren ihm alle

Kinder verdächtig. Er konnte sie nicht leiden. Wenn sie sich ihm mit ihren widerlichen Händen näherten, lief er davon.

In einem Dorf am Großen Sklaven-See wehrte er sich gegen ein Unrecht, das ihm von der Hand eines Menschen zugefügt worden war. Dabei wurde das Gesetz gemildert, das ihm der Graue Biber einst beigebracht hatte, daß es nämlich ein unverzeihliches Verbrechen ist, einen Menschen zu beißen. In diesem Dorf hatte sich White Fang auf Futtersuche begeben, wie es alle Hunde in allen Dörfern taten. Ein Junge zerschlug gefrorenes Elchfleisch mit dem Beil, und die Splitter fielen in den Schnee. White Fang, der gerade vorbeischlich, blieb stehen und begann die Fleischbrocken zu fressen. Er bemerkte, daß der Junge das Beil niederlegte und nach einem dicken Stock griff. White Fang konnte dem Schlag gerade noch entgehen. Der Junge verfolgte ihn, und da White Fang hier fremd war, geriet er zwischen zwei Zelte und stand plötzlich vor einem steilen Erdwall.

Es gab keine Möglichkeit zu entkommen. Der einzige Ausweg lag zwischen den beiden Zelten, und den bewachte der Junge. Den Knüppel schlagbereit in der Hand, drang er auf das gefangene Tier ein. White Fang war wütend. Er bot dem Jungen die Stirn, sträubte das Haar und knurrte. Sein Gerechtigkeitsgefühl war verletzt. Er kannte das Gesetz, daß die Fleischabfälle, auch die gefrorenen Fleischsplitter, dem Hunde gehörten, der sie gefunden hatte. Er hatte kein Unrecht getan, kein Gesetz verletzt, und trotzdem wollte der Junge ihn schlagen. White Fang begriff kaum, was dann geschah, so sehr beherrschte ihn die Wut, und er tat es so schnell, daß auch der Junge erst zur Besinnung kam, als er im Schnee lag und seine Hand, die den Stock geschwungen hatte, von White Fangs Zähnen tief aufgerissen war.

White Fang wußte, daß er ein Gesetz der Gottmenschen verletzt hatte. Er hatte seine Zähne in das geheiligte Fleisch eines Menschen geschlagen, und nun mußte er dafür ein schreckliches Strafgericht erwarten. Er floh zum Grauen Biber und verbarg sich hinter dessen schützenden Füßen, als der gebissene Junge und seine Familie gelaufen kamen, um Rache zu fordern. Aber sie mußten unverrichteter Dinge umkehren. Der Graue Biber verteidigte White Fang. Auch Mit-sah und Kloo-kooch taten es. White Fang, der dem Wortgefecht und den ärgerlichen Gesten aufmerksam folgte, ahnte, daß seine Handlungsweise begründet wurde. An diesem Tage lernte er, daß es verschiedene Arten von Menschengöttern gab. Die einen waren seine Götter, dann gab es noch andere. Ungerechtigkeit von anderen Menschen brauchte man nicht hinzunehmen. Man durfte sich mit den Zähnen dagegen wehren. Auch das war ein Gesetz der Götter.

An diesem Tage sollte er noch mehr von diesem Gesetz erfahren. Mit-sah, der Holz im Wald sammelte, sah sich plötzlich dem Jungen gegenüber, der von White Fang gebissen worden war. Es waren auch noch andere Jungen aus dem Dorfe dabei. Die Dorfjungen beschimpften Mit-sah. Dann fielen sie über ihn her. Von allen Seiten hagelte es Schläge, und es erging ihm böse. White Fang sah zuerst zu, denn was zwischen Göttern geschah, ging ihn nichts an. Dann aber wurde es ihm bewußt, daß es Mit-sah war, einer der Götter, denen er gehörte, der dort verprügelt wurde. Instinktiv griff er ein. Er sprang mitten unter die Kämpfenden. Sogleich liefen die anderen Jungen davon, und mancher blutete, denn mit White Fangs Zähnen war nicht zu spaßen. Als Mit-sah dies im Lager erzählte, ließ der Graue Biber White Fang viel Fleisch geben, und dieser lag dann satt und schläfrig am Feuer und wußte, daß er das Gesetz richtig begriffen hatte.

In Verbindung damit lernte White Fang auch das Gesetz vom Eigentum kennen und von der Pflicht, es zu verteidigen, denn von der Verpflichtung, den Körper seines Gottes zu schützen, bis zu der anderen, sein Eigentum zu bewahren, war nur ein kleiner Schritt. Was seinen Göttern gehörte, mußte verteidigt werden, gegen die ganze Welt, selbst wenn man dabei andere Götter beißen mußte.

Eine weitere Erfahrung machte White Fang bald danach. Diebe waren gewöhnlich Feiglinge. Sie liefen beim geringsten Lärm davon. Auch stellte er bald fest, daß der Graue Biber ihm immer schnell zu Hilfe kam, und daß die Diebe mehr Furcht vor dem Grauen Biber hatten als vor ihm. White Fang alarmierte seinen Herrn aber nie durch Bellen, denn er bellte nie. Seine Methode bestand vielmehr darin, den Eindringling sofort anzugreifen und zu versuchen, ihn zu beißen. Weil er eigenwillig und ungesellig war und nichts mit anderen Hunden zu tun haben wollte, war er wie dafür geschaffen, das Eigentum seines Herrn zu bewachen, und darin wurde er vom Grauen Biber noch bestärkt. So wurde er immer wilder und ungeselliger.

Monate vergingen, und das Bündnis zwischen dem Tier und seinem Herrn wurde immer enger. Er besaß einen Gott aus Fleisch und Blut, und gab dafür seine eigene Freiheit auf. Fressen und Feuer, Schutz und Gesellschaft erhielt er von seinem Herrn. Dafür bewachte er dessen Eigentum, verteidigte dessen Körper, arbeitete für ihn und gehorchte ihm. Aber das alles tat er nicht aus Liebe. Die hatte er nie kennengelernt. Die Treue zu seinem Herrn war für ihn ein größeres Gesetz als alle Liebe zur Freiheit und zu der eigenen Art.

Der Frühling kam, als der Graue Biber endlich am Ende seiner langen Reise war. Es war April. White Fang war jetzt ein Jahr alt, als er wieder ins Heimatdorf einzog und Mit-sah ihn ausspannte. Obwohl er noch lange nicht ausgewachsen war, war er nach Liplip der stärkste Jährling im Dorf. Von seinem Vater, dem Wolf, und von Kiche hatte er Größe und Stärke geerbt, und er konnte es wagen, sich mit ausgewachsenen Hunden zu messen. Es fehlte ihm nur noch an Gewicht. Er war schmal und eckig. Sein Fell hatte das echte Wolfsgrau, und dem äußeren Aussehen nach war er ein richtiger Wolf. Daß er zu einem Viertel ein Hund war, sah man ihm körperlich nicht an, wohl aber spielte das in seinen geistigen Fähigkeiten eine Rolle.

Er streifte durch das Dorf und erkannte mit gelassener Ruhe die Menschen wieder, die er vor Antritt der langen Reise gekannt hatte. Auch die Hunde gewahrte er, die teils, wie er, ein tüchtiges Stück gewachsen waren oder ihm gar nicht mehr so groß und mächtig vorkamen, wie er sie in der Erinnerung hatte. Er empfand weniger Furcht vor ihnen als früher und ging mit ziemlicher Sorglosigkeit zwischen ihnen herum, ein Gefühl, das ihm neu war und Spaß machte.

Da war beispielsweise Baseck, ein eisgrauer, alter Bursche, der ihm in früheren Tagen nur die Zähne zu zeigen brauchte, um ihn in die Schranken zu weisen. Durch ihn sollte White Fang nun erfahren, wie viel sich inzwischen geändert hatte, denn Baseck war in dem einen Jahr schwächer geworden, White Fang aber dank seiner Jugend größer und stärker.

Beim Aufbrechen eines eben erlegten Elches erfuhr White Fang, wie sehr sich sein Verhältnis zu den Hunden gewandelt hatte. White Fang hatte einen Huf und einen Teil des Schienbeines als seinen Anteil erhalten, an dem noch ein gutes Stück Fleisch hing. Er hatte sich ein Stück von dem Rudel der aufgeregten Hunde entfernt, und war gerade dabei, in Ruhe seinen Teil zu verzehren, als Baseck auf ihn zukam. Ehe der überhaupt begriff, was vor sich ging, hatte White Fang ihn schon zweimal gebissen und war dann beiseitegesprungen. Baseck war von der Schnelligkeit und Verwegenheit des Angriffs völlig überrascht und starrte White Fang nur dumm an. Das Stück Schienbein des Elches aber lag zwischen ihnen.

Baseck war alt, und er hatte bereits mit der wachsenden Stärke der anderen Hunde böse Erfahrungen gemacht.

Früher hätte er in berechtigter Wut White Fang einfach angesprungen, aber seine nachlassenden Kräfte ließen das nicht mehr zu. Er sträubte also nur drohend die Haare und blickte White Fang grimmig über den Knochen hinweg an. In White Fang erwachte die frühere Ehrfurcht vor Baseck, er wurde unsicher und nahezu ängstlich und überlegte schon, ob er nicht lieber den Rückzug antreten solle.

Da beging Baseck einen Fehler. Hätte er nur weiter das Haar gesträubt und finster geblickt, dann wäre für ihn sicherlich alles gut abgelaufen. White Fang hätte sich aus dem Staube gemacht und ihm Fleisch und Knochen überlassen. Aber Baseck war zu ungeduldig, der Sieg schien ihm schon sicher, und so lief er zu der Beute. Als er den Kopf sorglos senkte, um das Fleisch zu beschnuppern, sträubte White Fang ein wenig die Haare. Sogar jetzt wäre es für Baseck nicht zu spät gewesen, die Situation zu retten. Er hätte nur über der Beute stehenzubleiben und den Kopf zu heben brauchen, und White Fang wäre weggelaufen. Aber das frische Fleisch roch zu verführerisch, und so biß er hinein.

Das war zuviel für White Fang. Die Erinnerung an die monatelange Herrschaft über seine Schlitten-Gefährten war noch zu frisch, als daß er es fertiggebracht hätte, untätig zuzusehen, wie ein anderer das ihm zustehende Fleisch verschlang. Er griff, wie er es gewohnt war, ohne jede Warnung an. Durch den ersten Biß wurde Basecks rechtes Ohr in Streifen zerfetzt.

Der alte Hund war völlig überrascht, und so mußte er noch Schlimmeres über sich ergehen lassen. Er wurde umgeworfen und am Halse gebissen; als er versuchte, wieder auf die Füße zu gelangen, biß ihn White Fang zweimal tief in die Schulter. Baseck sprang White Fang wütend an, aber er biß in die leere Luft. Im nächsten Augenblick war seine Nase aufgerissen, und er taumelte von dem Fleisch zurück.

Die Lage war nun genau umgekehrt. White Fang stand

über dem Schienbein, das Haar gesträubt und knurrend, während Baseck ein Stück entfernt stand und an Rückzug dachte. Er wagte keinen Kampf auf Leben und Tod mit diesem blitzschnellen Feind, und bitter empfand er die Schwäche des Alters. Er versuchte, Haltung zu zeigen, und wandte sich ruhig von dem jungen Hund und dem Schienbein ab, als ob es unter seiner Würde sei, sich damit abzugeben. Erst als er außer Sicht war, blieb er stehen und leckte seine blutenden Wunden.

White Fangs Selbstvertrauen und Stolz stiegen. Er mischte sich fortan unter die erwachsenen Hunde, alle Unterwürfigkeit hatte er abgestreift. Er wollte keinen Streit, aber er verlangte Beachtung. Er wollte unbelästigt bleiben und keinem Hunde aus dem Wege gehen müssen. Das war alles, was er wollte. Er wollte nicht länger wie die anderen jungen Hunde übersehen werden. Die gingen den großen Hunden noch aus dem Wege und überließen ihnen ihren Anteil, wenn diese es verlangten. Aber White Fang, der ungesellig und mürrisch kaum nach links oder rechts blickte, wurde von den erwachsenen Hunden als ihresgleichen anerkannt. Wenn sie ihn in Ruhe ließen, ließ er sie auch in Ruhe, ein Zustand, der ihm nach einigen Auseinandersetzungen am besten erschien.

Im Sommer lernte White Fang wieder etwas hinzu. Er streifte allein um ein neues Zelt, das am Rande des Dorfes aufgestellt worden war, während er mit auf Elchjagd weilte. Da stand er plötzlich Kiche gegenüber. Er blieb stehen und starrte sie an. Er erinnerte sich dunkel an sie, doch immerhin erinnerte er sich. Das konnte von ihr nicht behauptet werden. Sie zeigte ihm die Zähne in ihrer besonderen Art, und jetzt erinnerte er sich ganz genau an sie. Seine vergessene Kindheit und all das, was mit diesem vertrauten Knurren zusammenhing, fielen ihm wieder ein. Ehe er die Menschengötter kennengelernt hatte, war sie für ihn der Mittelpunkt der Welt gewesen. Die fast vergessenen Gefühle überwältigten ihn, und er sprang freudig auf sie zu. Aber sie empfing ihn mit einem Biß, der seine Wange bis auf die Knochen aufschlitzte. Er verstand das nicht und sprang verdutzt zurück.

Es war nicht Kiches Schuld, daß es dazu gekommen war. Eine Wölfin erinnert sich eben ihrer Jungen nicht mehr, wenn ein Jahr vergangen ist, und so erkannte sie auch White Fang nicht wieder. Er war ein fremdes Tier, ein Eindringling, und ihr jetziger Wurf gab ihr das Recht, jede Zudringlichkeit abzuweisen.

Einer der Kleinen ging wackelnd auf White Fang zu. Sie waren Halbbrüder, aber sie wußten es nicht. White Fang beschnupperte das Kleine neugierig, worauf Kiche auf ihn zusprang und ihn zum zweiten Male biß. Er zog sich daraufhin noch weiter zurück. Alte Gedanken und Erinnerungen verblaßten. Er betrachtete Kiche, die ihre Jungen leckte und ihn ab und zu anknurrte. Was hatte er noch mit ihr zu tun? Er hatte gelernt, seinen Weg allein zu gehen. So vergaß er sie endgültig. Es gab für sie keinen Platz mehr in seinem Weltbild, wie für ihn keinen mehr in dem ihren.

Er stand noch verwirrt und verdutzt da und begriff nicht, was das alles sollte, da griff ihn Kiche zum dritten Male an, um ihn aus ihrer Nähe zu vertreiben. White Fang ließ sich vertreiben. Sie war eine Hündin, und für ihn war es selbstverständlich, daß man mit Hündinnen nicht kämpfte.

Die Monate vergingen. White Fang wurde stärker und auch schwerer, während sich sein Charakter in der Richtung entwickelte, die ihm durch sein Erbe und durch die Umgebung vorgeschrieben war. Sein Erbe glich sozusagen dem Lehm. Es gab viele Möglichkeiten, ihn zu formen, doch die Umgebung formte diesen Lehm und gab ihm eine ganz besondere Form. Wäre White Fang nie zu den Menschen gekommen, hätte ihn die Umgebung zu einem richtigen Wolf werden lassen. Aber die Menschengötter hatten ihm eine andere Umgebung geschenkt, und so war er ein Hund geworden, der zwar einem Wolf glich, aber eben doch ein Hund war und kein Wolf.

Wie es seinem Erbe und der Umgebung entsprach, war auch sein Charakter in eine ganz bestimmte Form gepreßt worden. Dem konnte er sich nicht entziehen. Er wurde immer mürrischer, ungeselliger und wilder. Die Hunde wußten bald, daß es besser war, mit ihm in Frieden als im Krieg zu leben, und der Graue Biber schätzte ihn von Tag zu Tag mehr.

White Fang war noch nicht voll erwachsen, aber an einer Schwäche litt er nach wie vor: er konnte es nicht ertragen, ausgelacht zu werden. Dieses Gelächter der Menschen haßte er. Sie mochten über sich selbst lachen oder über sonst etwas, das berührte ihn nicht. Aber sobald sie über ihn lachten, wurde er wütend. Es erregte ihn für Stunden, so daß er sich dann wie ein Wahnsinniger benahm. Wehe dem Hunde, der ihm über den Weg lief! Er wußte wohl, daß er seine Wut nicht an dem Grauen Biber auslassen durfte. Hinter dem standen göttliche Autorität und ein Knüppel. Aber hinter den Hunden stand nichts, und deshalb flohen sie, wenn White Fang auftauchte, durch ein Gelächter toll gemacht.

In White Fangs drittem Lebensjahr brach bei den Mackenzie-Indianern eine Hungersnot aus. Im Sommer waren die Fische ausgeblieben, und im Winter verließen die Rentiere ihre üblichen Plätze. Die Elche wurden rar, die Kaninchen waren verschwunden, die Raubtiere fielen übereinander her und gingen dann doch zugrunde. Nur die Starken überlebten. White Fangs Menschengötter waren Jäger. Die Alten und Schwachen unter ihnen starben vor Hunger. Es gab viel Wehklagen im Dorf, und die Frauen und Kinder darbten, die wenige Nahrung, die sie noch hatten, mußten die dürren hohläugigen Männer haben, die in den Wäldern vergeblich auf Jagd gingen.

So groß war die Not, daß die Menschen das weiche Leder ihrer Mokassins und Handschuhe verzehrten, während die Hunde an den Geschirren, ja sogar an den Peitschenschnüren kauten. Die Hunde begannen einander aufzufressen, und auch die Menschen schlachteten Hunde. Die schwächsten und wertlosesten Hunde kamen zuerst an die Reihe. Die Hunde, die noch am Leben waren, blickten einander an und verstanden, was vor sich ging. Ein paar der Mutigsten und Klügsten flohen von den Feuern der Menschengötter in die Wälder, wo sie verhungerten oder von den Wölfen zerrissen wurden.

In dieser Elendszeit stahl sich auch White Fang hinweg und ging in die Wälder. Durch die Erfahrungen seiner jüngsten Kindheit war er besser für dieses Leben vorbereitet als die anderen Hunde. Besonders geschickt war er im Fangen kleiner Tiere. Er blieb stundenlang bewegungslos liegen und beobachtete dabei ein vorsichtiges Eichhörnchen mit einer Geduld, die so groß war wie sein Hunger, bis das Tier auf den Boden sprang. Aber selbst dann beherrschte er sich noch und wartete ab, bis er sicher war, dem Eichhörnchen den Fluchtweg auf einen Baum abschneiden zu können. Dann erst sprang er aus seinem Versteck, unglaublich schnell, ein grauer Pfeil, und verfehlte niemals sein Ziel.

So erfolgreich er aber bei der Jagd auf Eichhörnchen war, eine Schwierigkeit bestand, und die hinderte ihn daran, sich an Eichhörnchen zu mästen: es gab zu wenige! So wurde er gezwungen, Jagd auf noch kleinere Tiere zu machen. Er grub Waldmäuse aus dem Boden, auch scheute er sich nicht vor dem Kampf mit einem Wiesel, das so hungrig war wie er selbst und manchmal noch wilder.

Wenn der Hunger ganz unerträglich wurde, schlich er sich zu den Feuern seiner Herren zurück, oder wenigstens in ihre Nähe. Er lauerte im Walde und beraubte die Fallen, wenn sich — was selten geschah — einmal ein Tier darin gefangen hatte. Er raubte sogar ein Kaninchen aus einer Falle des Grauen Bibers.

Eines Tages stieß White Fang auf einen jungen Wolf, der matt und ausgezehrt vom Hunger war. Wäre White Fang nicht so hungrig gewesen, hätte er sich ihm vielleicht angeschlossen und hätte so den Weg ins Rudel seiner wilden Brüder zurückgefunden. So aber rannte er den jungen Wolf um, tötete und verzehrte ihn.

Das Glück war ihm hold. Immer wenn der Hunger am größten war, fand er eine Beute, und wenn er selber einmal vom Hunger sehr geschwächt war, hatte er das Glück, daß kein stärkeres Raubtier ihn fand. Einmal, als ein hungriges Wolfsrudel ihn verfolgte, gewann er einen Vorsprung, denn gerade hatte er zwei Tage lang eine Luchsin verzehrt und das hatte ihm Kraft gegeben. Es war eine lange, grausame Jagd, aber er war besser ernährt als die Wölfe, und so entkam er ihnen, ja, noch mehr als das: er schlug einen weiten Bogen um das Rudel und erlegte einen seiner erschöpften Verfolger!

Dann verließ er diese Gegend und streifte durch das Tal, in dem er geboren war. Hier, in der alten Höhle, traf er Kiche wieder. Auch sie hatte die nun ungastlichen Feuer der Menschen verlassen und sich in ihr altes Versteck zurückgezogen, um ihre Jungen zu schützen. Aber nur ein Junges des ganzen Wurfes lebte noch, als White Fang auftauchte, und selbst dieses eine hatte nur eine winzige Chance, den Hunger zu überstehen.

Kiches Begrüßung war auch diesmal alles andere als zärtlich. Aber White Fang machte sich nichts daraus, er war seiner Mutter entwachsen. So wandte er sich gleichmütig ab und lief weiter flußauf. An der Gablung wandte er sich nach links, wo er die Höhle der Luchsin fand, mit der seine Mutter und er vor langer Zeit gekämpft hatten. In dieser verlassenen Höhle ließ er sich nieder und verschlief den Rest des Tages.

Im Frühsommer, in den letzten Tagen der Hungersnot, traf er Liplip, der ebenfalls in die Wälder geflohen war, wo er ein elendes Leben geführt hatte. Sie stießen völlig überraschend aufeinander, als sie aus verschiedenen Richtungen um eine Felsenecke bogen. Auge in Auge standen sie sich gegenüber und starrten einander verblüfft an.

White Fang war in blendender Verfassung. Er hatte viel Jagdglück gehabt und war satt und rund. Als er Liplip erblickte, sträubte sich sofort sein Haar auf dem ganzen Rücken. Das war der instinktive Ausdruck seiner inneren Einstellung zu Liplip, der ihn so lange gequält und verfolgt hatte. Wie er in den vergangenen Tagen sofort das Haar gesträubt und geknurrt hatte, sobald er Liplip erblickte, so tat er es automatisch auch jetzt. Er verlor keine Zeit. Was getan werden mußte, sollte sofort erledigt werden. Liplip versuchte zu entkommen, aber White Fang bedrängte ihn hart, Schulter an Schulter. Liplip wurde umgeworfen und rollte auf den Rücken. White Fangs Zähne gruben sich in seinen dürren Hals. Während Liplip im Todeskampf lag, schritt White Fang um ihn herum, steifbeinig und aufmerksam. Dann setzte er seinen Weg fort und lief am Hang weiter.

Wenige Tage später kam er an den Waldrand, von wo aus ein schmaler Streifen unbewaldeten Landes sich zum Makkenzie hinunterzog. Er war schon hier gewesen, als dieser Streifen noch leer war. Jetzt stand darauf ein Dorf. Im Schutz der Bäume blieb er stehen, um die Lage zu erforschen. Was er sah, hörte und roch, war ihm vertraut. Es war das alte Dorf, das nur den Platz gewechselt hatte. White Fang hörte kein Jammern noch Klagen. Zufriedene Stimmen vernahm sein Ohr, und als eine Frau ärgerlich zu schimpfen begann, wußte er, daß dieser Ärger aus einem vollen Magen kam. Der Geruch von frischem Fisch war in der Luft. Es gab Nahrung, der Hunger war vorüber.

White Fang trabte mutig aus dem Wald und lief ins Lager,

geradenwegs auf das Zelt des Grauen Bibers zu. Der Graue Biber war nicht da, aber Kloo-kooch begrüßte ihn freudig und gab ihm einen ganzen, frisch gefangenen Fisch, und er ließ sich nieder und wartete auf die Rückkehr des Grauen Bibers.

VII.

Der böse weiße Gott

Wenn überhaupt jemals in White Fangs Natur die Möglichkeit gelegen hätte, sich mit seinen Artgenossen anzufreunden, dann wurde diese Möglichkeit ein für allemal zerstört, als er Führer eines Gespanns wurde. Nun haßten ihn die Hunde, haßten ihn wegen der Sonderportion, die ihm Mit-sah gab, haßten ihn wegen der tatsächlichen oder nur eingebildeten Vorteile, die er genoß, haßten ihn, weil er immer an der Spitze des Gespannes lief. Sein buschiger Schwanz, der hin und her wedelte, und seine ständig fliehenden Hinterläufe machten sie fast toll.

White Fang haßte sie nicht weniger. Leithund zu sein, das war ihm gar nicht angenehm. Gezwungen zu sein, vor dem winselnden Rudel herzulaufen, aus dem er jeden einzelnen Hund drei Jahre lang beherrscht hatte, das war fast mehr, als er ertragen konnte. Aber er hatte nur die Wahl, es zu ertragen oder unterzugehen, und unterzugehen, danach stand ihm nicht der Sinn. Sobald Mit-sah den Befehl zum Aufbruch gab, sprang das ganze Gespann mit wildem Gekläff auf White Fang zu.

Es gab für ihn keine Möglichkeit, sich zu verteidigen. Wenn er sich umwandte, traf ihn Mit-sahs Peitsche. Ihm blieb nichts weiter übrig, als geradeaus zu laufen. Mit seinem Schwanz und seinen Hinterläufen konnte er die heulende Horde nicht angreifen, das wären kaum die richtigen Waffen gegen die Zähne der anderen gewesen. So lief er eben und bezwang seine eigene Natur mit jedem Schritt, den er tat. Aber keiner kann seiner eigenen Natur Gewalt antun, ohne daß diese sich dagegen auflehnt. Solch eine Auflehnung ist wie ein Haar, das dazu bestimmt ist, vom Körper wegzuwachsen, sich aber umdreht und wieder in den Körper hineinwächst und dann Eiterung und Schmerz verursacht. So erging es White Fang. Jede Faser seines Wesens trieb ihn an, das Pack anzugehen, das hinter seinen Läufen bellte, aber die Menschengötter wollten das nicht, und hinter ihrem Willen stand die dreißig Fuß lange Peitsche aus Rentierdarm. White Fang konnte also nur seinen Haß nähren, wie es seiner wilden und ungeselligen Natur entsprach.

Wenn je ein Tier der Todfeind seiner eigenen Art war, so war dies White Fang. Er verlangte keine Rücksicht, aber er nahm auch keine. Er wurde ununterbrochen von den Zähnen der anderen bedroht und gequält, und ebenso ununterbrochen ließ er das Rudel seine Zähne spüren. Die anderen Leithunde suchten, sobald das Lager aufgeschlagen und die Hunde abgeschirrt waren, Schutz in der Nähe des Menschen. Aber White Fang verachtete solchen Schutz. Er streifte kühn durchs Lager und rächte sich in der Nacht für das, was er am Tage erlitten hatte. Ehe er Leithund wurde, war das Rudel ihm aus dem Wege gegangen, doch das änderte sich nun. Erregt durch die tagelange Jagd auf White Fang, halb toll geworden durch den ständigen Anblick seiner fliehenden Hinterläufe, angeregt durch das Gefühl der Überlegenheit, das sie den ganzen Tag über hatten, dachten sie nicht mehr daran, ihm auszuweichen. Sobald er auftauchte, war sogleich ein Streit im Gange. Geknurr und Biß folgten seiner Spur, und selbst die Luft schien von Haß und Bösartigkeit vergiftet. Das vergrößerte nur seinen eigenen Haß und seine eigene Bösartigkeit.

Wenn Mit-sah das Kommando zum Halten gab, so gehorchte White Fang selbstverständlich. Zuerst gab es dann immer Aufregung unter dem Rudel. Sie wollten den verhaßten Leithund anspringen. Aber dann wendete sich das Blatt, denn hinter White Fang stand Mit-sah, die Peitsche in der Hand. So lernten die Hunde, daß sie White Fang in Ruhe lassen mußten, wenn das Gespann auf Befehl hielt. Aber wenn White Fang ohne Befehl hielt, dann durften sie ihn angreifen und ihn umbringen, sofern sie es geschafft hätten. Nach einigen bitteren Erfahrungen hielt White Fang nie mehr ohne Befehl an. Er lernte das sehr schnell, und er mußte bei der Lage der Dinge sehr schnell lernen, wie er sich zu verhalten hatte, wenn er überleben wollte.

Die anderen Hunde zogen aber niemals eine Lehre aus den Lektionen, die White Fang ihnen nachts erteilte. Den Tag über, wenn sie wütend hinter ihm herliefen, vergaßen sie die Lektion der vergangenen Nacht, und die Lektion der darauffolgenden Nacht vergaßen sie ebenso rasch wieder. Außerdem hatte ihr Haß tiefere Gründe. Sie witterten einen Unterschied zwischen White Fang und sich selber, Grund genug für ewige Feindschaft. Wie er waren sie gezähmte Wölfe, aber sie waren schon seit vielen Generationen gezähmt. Ein großer Teil der ursprünglichen Wildheit war ihnen verlorengegangen, so daß sie im Grunde gar nicht mehr wußten, was ›Wildheit‹ war, die fürchterliche, immer angriffslustige und bösartige Wildheit. In White Fang war sie aber noch ungebrochen lebendig. Er verkörperte sie geradezu. Wenn sie ihm also ihre Zähne zeigten, verteidigten sie sich im Grunde nur gegen die unheimliche Gefahr der Vernichtung, die im Schatten der Wälder und im Dunkel jenseits des Lagerfeuers lauerte.

Eine Lektion lernten sie aber doch, nämlich die, daß sie zusammenbleiben mußten. Für den einzelnen war White Fang zu stark. Sie griffen ihn nur im Rudel an, sonst hätte er jede Nacht einen von ihnen umgebracht. So aber hatte er nicht die kleinste Chance dazu. Er mochte einen Hund umstoßen — das Rudel verhinderte, daß er dem Hund, der schutzlos auf dem Rücken lag, den tödlichen Kehlbiß zufügte. Beim ersten Anschein einer Auseinandersetzung lief das Rudel zusammen und griff ihn an. Auch im Rudel gab es manchmal Streit, aber der war gleich vergessen, sobald es Streit mit White Fang gab.

Andererseits konnten sie White Fang nicht umbringen, so oft sie es auch versuchten. Er war für sie zu schnell, zu kräftig und zu schlau. Er ließ sich nicht umzingeln, und wenn die Umgebung für ihn ungünstig war, so zog er sich zurück. Es gab keinen Hund, der es fertiggebracht hätte, ihn umzuwerfen. Seine Füße klammerten sich so standhaft an den Boden, wie er sich selbst an das Leben klammerte. Auf den Füßen bleiben und leben, das war in diesem immerwährenden Krieg mit dem Rudel ein und dasselbe, und niemand wußte das besser als White Fang.

So war er der Feind seiner eigenen Rasse geworden, der Rasse der gezähmten Wölfe, die durch das wärmende Feuer und die Nähe der Menschen viel von ihrer Wildheit verloren hatte. White Fang war verbittert und unversöhnlich. Er war eben so geworden. Er schwor allen Hunden ewige Feindschaft, und er führte diesen Kampf so wild, daß sogar der Graue Biber, der selber noch fast ein Wilder war, darüber staunte. Niemals, behauptete er, habe es ein Tier wie White Fang gegeben, und die Indianer in den fremden Dörfern behaupteten es ebenfalls, wenn sie feststellen mußten, wie böse White Fang unter ihren Hunden hauste.

Als White Fang nahezu fünf Jahre alt war, nahm ihn der Graue Biber wiederum mit auf eine weite Fahrt, und noch lange erzählte man sich von den Metzeleien unter den Hunden, die er in vielen Dörfern am Mackenzie, im Felsengebirge, am Porcupine und bis zum Yukon angerichtet hatte. Er genoß die Rache, die er an den anderen seiner Rasse vollziehen konnte. Gewöhnlich fielen ihm ahnungslose Hunde zum Opfer. Sie waren auf die Schnelligkeit seines Angriffes ohne jede Warnung nicht vorbereitet. Sie hatten ja keine Ahnung, daß er wie ein tödlicher Pfeil war. Sie sträubten ihr Haar und traten ihm steifbeinig entgegen, aber er verlor keine Zeit mit solchen Nebensächlichkeiten. Er griff sofort an, saß an ihrer Kehle und hatte sie umgebracht, ehe sie noch begriffen, was vor sich ging.

White Fang benahm sich wie ein Berufskämpfer. Er ging sparsam mit seiner Kraft um. Er balgte sich nie. Im Angriff wie beim Rückzug, wenn sein Biß sein Ziel verfehlt hatte, war er unvergleichlich schnell, und wie alle Wölfe kämpfte er nie Leib an Leib, denn das war ihm zuwider. Er wollte frei sein, auf seinen eigenen Füßen stehen und mit keinem anderen Lebewesen Berührung haben, denn hinter jeder Berührung lauerte Gefahr. Sie war eine Falle, und die Furcht davor hatte sich geradezu in sein Wesen eingefressen.

Deshalb hatten die fremden Hunde auch gegen ihn keine Chance. Er wich ihren Zähnen aus. Er packte seine Feinde oder machte sich davon, in jedem Falle unverletzt. Natürlich gab es Ausnahmen. Manchmal fielen mehrere Hunde über ihn her und setzten ihm zu, ehe er sich aus dem Staube machen konnte, und manchmal fügte ihm sogar ein einzelner eine Wunde zu. Aber das waren Seltenheiten. Im allgemeinen blieb er unverletzt. Ein so guter, geschickter Kämpfer war er geworden. Ein weiterer Vorteil kam ihm zugute: er konnte Entfernung und Zeit genau abschätzen. Das geschah selbstverständlich völlig unbewußt. Seine Augen beobachteten scharf, und seine Nervenstränge leiteten diese Beobachtung an sein Gehirn weiter, das schneller und zuverlässiger arbeitete als bei dem Durchschnitt der Hunde. Sein Gehirn reagierte mit automatischer Sicherheit und Schnelligkeit, ließ ihn dem Biß eines anderen Hundes ausweichen und sagte ihm, wann die richtige Sekunde für den eigenen Angriff gekommen war. Gehirn und Muskeln, der ganze Körper waren bei ihm ein präziser Mechanismus. Aber das war nicht sein Verdienst. Die Natur hatte ihn in dieser Beziehung besser bedacht als den Durchschnitt seiner Artgenossen — das war alles.

Es war schon Sommer, als man das Fort Yukon erreichte. Der Graue Biber hatte die große Wasserscheide zwischen dem Mackenzie und dem Yukon überschritten und dann den Frühling über in den Vorbergen des Großen Felsengebirges gejagt. Als der Porcupine eisfrei war, hatte er sich ein Boot gebaut und war den Strom hinab bis zu der Stelle gerudert, wo er nahe dem Polarkreis in den Yukon mündet. Hier stand das uralte Fort der Hudson's Bay Company. Hier waren viele Indianer zusammengekommen, hier gab es genug Nahrung und große Aufregung. Man schrieb das Jahr 1898, und Tausende von Goldgräbern zogen den Yukon hinauf nach Dawson und Klondyke. Sie waren noch Hunderte von Meilen von ihrem Ziel entfernt, aber viele waren bereits ein Jahr unterwegs, 5000 Meilen hatte jeder von ihnen mindestens zurückgelegt, einige von ihnen waren sogar von der anderen Seite der Erdkugel hierhergekommen.

Hier hielt der Graue Biber an. Das Gerücht von reichen Goldfunden hatte auch er vernommen, und er hatte einige Ballen Pelze und viele Handschuhe und Schuhe mitgebracht, die mit Fäden aus Darm zusammengenäht waren. Er hätte keine so weite Fahrt unternommen, hätte er nicht großen Gewinn erhofft. Aber seine Erwartungen wurden weit übertroffen. In seinen kühnsten Träumen hatte er nicht mehr als hundert Prozent Gewinn erhofft, doch es wurden tausend. Da er ein echter Indianer war, schlug er sein Lager auf, um wohlüberlegt Handel treiben zu können, und wenn es den ganzen Sommer und auch noch den Winter dauern sollte, bis er seine Waren abgesetzt hatte.

Im Fort Yukon sah White Fang zum ersten Male einen Weißen. Verglichen mit den Indianern waren die Weißen eine andere Gattung der höheren Götter. Sie machten auf ihn durch ihre größere Macht tiefen Eindruck, und Gottheit beruhte ja auf Macht. White Fang dachte nicht darüber nach, warum die Weißen mächtigere Götter waren, er fühlte es nur. Wie ihm in seiner Jugend die grauen Haufen der Zelte als Inbegriff der Macht erschienen waren, so beeindruckten ihn jetzt die fest gebauten Häuser und das gewaltige Fort. Das war Macht! Die weißen Götter waren mächtig. Sie besaßen größere Herrschaft über die Dinge, über die beweglichen und die unbeweglichen, als die anderen Götter, die er bisher gekannt hatte und von denen einer der Graue Biber war. Selbst dieser war nur ein winziger Gott im Vergleich zu den Weißhäutigen.

Um es klarzustellen: White Fang fühlte diese Dinge nur. Er war sich ihrer nicht bewußt, aber Tiere fühlen eben mehr als sie denken. Jede Handlung White Fangs beruhte von jetzt an auf der Überzeugung, daß die Weißen Götter höherer Art waren. Aber er traute ihnen nicht. Keiner konnte wissen, welche unbekannten Schrecken bei ihnen lauerten, welche unbekannten Schmerzen sie einem zufügen konnten. Er beobachtete sie neugierig, wurde aber sofort ängstlich, wenn die Weißen ihn beachteten. Die ersten Stunden begnügte er sich damit, herumzustreifen und sie aus sicherer Entfernung zu beobachten. Dann sah er, daß sie den Hunden nichts taten, auch wenn sie in der Nähe waren, und so kam auch er näher heran.

Den Weißen fiel er sofort auf. Sein wolfsgleiches Aussehen zog ihre Blicke an, und sie wiesen einander auf ihn hin. Dies machte White Fang wachsam, und wenn sie versuchten, sich ihm zu nähern, dann zeigte er ihnen die Zähne und zog sich zurück. Keinem gelang es, die Hand auf ihn zu legen, und das war ihr Glück.

White Fang hatte bald herausgefunden, daß hier nur wenige von den weißen Göttern lebten, nicht mehr als ein

Dutzend. Jeden zweiten oder dritten Tag kam ein Dampfer — eine weitere Verkörperung von Macht —, legte am Ufer an und blieb einige Stunden. Die Weißen kamen alle mit solchen Dampfern und fuhren mit ihnen fort. Ihre Zahl mußte ungeheuer sein. In den ersten Tagen schon sah er mehr Weiße, als er in seinem ganzen Leben Indianer gesehen hatte, und mit der Zeit wurden es immer mehr, die ankamen und wieder aus seinem Gesichtskreis verschwanden.

Aber so mächtig die Weißen auch waren — ihre Hunde waren es wirklich nicht. White Fang stellte das sofort fest, als er sich unter sie mischte. Sie waren verschieden, in Aussehen und Größe. Einige hatten kurze Beine, zu kurze, die anderen lange, zu lange! Sie hatten Haar anstatt eines Felles, und einige hatten sogar sehr wenig Haar. Und kein einziger wußte, wie man sich im Kampf verhalten mußte.

Als Todfeind ihrer Art suchte White Fang den Kampf mit ihnen, aber bald verachtete er sie nur noch. Sie waren weich und hilflos, machten zwar viel Krach und sprangen aufgeregt hin und her und versuchten, durch größeren Eifer zu erreichen, was ihm durch Gewandtheit und Schläue gelang. Sie sprangen ihn bellend an, und er sprang zur Seite. Sie wußten nicht, wie er war, und in diesem Augenblick warf er sie auf den Rücken und schlug seine Zähne in ihre Kehle.

Manchmal reichte das schon. Ein besiegter Hund lag im Staub, und die Indianerhunde fielen über ihn her und rissen ihn in Stücke. White Fang war klug. Er wußte längst, daß die Menschen böse wurden, wenn man ihre Hunde umbrachte. Der weiße Mann machte da keine Ausnahme. So genügte es ihm, wenn er den anderen umgeworfen und ihm die Kehle aufgeschlitzt hatte. Er zog sich dann zurück und überließ es dem Rudel, das grausame Werk zu vollenden. Der weiße Mann griff dann ein und ließ seine Wut an dem Rudel aus, während White Fang ungeschoren davonkam. Er stand ein Stück entfernt und sah zu, wie Steine, Knüppel, Beile und alle

Arten von Waffen auf seine Gefährten einschlugen. White Fang war wirklich schlau!

Seine Gefährten wurden es auch, auf ihre Art! Wie White Fang hatten sie bald begriffen, daß sie ihren Spaß nur dann haben konnten, wenn der Dampfer eben erst angelegt hatte. Sobald die ersten Hunde erledigt worden waren, hielten die Weißen ihre Tiere an Bord zurück und übten harte Vergeltung an den Angreifern. Als sie einem Weißen vor seinen Augen seinen Hühnerhund in Stücke rissen, zog er einen Revolver. Er schoß schnell, sechsmal, und sechs Hunde lagen tot oder sterbend auf dem Boden. Eine andere Darstellung der Macht, die sich tief in White Fangs Gedächtnis einprägte.

White Fang machte dies alles viel Spaß. Er liebte seine Artgefährten nicht, und er war verschlagen genug, unverletzt davonzukommen. Zuerst war es nur ein Zeitvertreib gewesen, die Hunde der Weißen zu töten. Nach und nach wurde es seine einzige Beschäftigung, denn es gab für ihn nichts anderes zu tun. Der Graue Biber war vollauf damit beschäftigt, Handel zu treiben und reich zu werden. Also trieb sich White Fang mit den Indianerhunden am Anlegeplatz herum und wartete auf den nächsten Dampfer. Mit seiner Ankunft begann der Spaß. Nach ein paar Minuten hatten die weißen Götter ihre Überraschung überwunden, und dann machte sich die Bande aus dem Staub. Der Spaß war bis zum nächsten Dampfer zu Ende.

Aber White Fang wurde deshalb kein Mitglied des Rudels. Er ließ sich nicht mit ihm ein. Er blieb für sich und wurde sogar gefürchtet. Gewiß, er arbeitete mit dem Rudel zusammen. Er begann den Streit mit dem fremden Hund, während die Bande wartete. Wenn er den fremden Hund umgeworfen hatte, erledigten ihn die anderen völlig, aber er zog sich dann sogleich zurück und überließ es dem Rudel, für die umgebrachten Hunde bestraft zu werden.

Es war nicht schwer, den Streit mit den fremden Hunden in

Gang zu bringen. Alles, was er zu tun hatte, war, sich zu zeigen, wenn die fremden Hunde an Land kamen. Wenn sie ihn sahen, nahmen sie ihn sogleich an, wie es ihr Instinkt befahl. White Fang war die verkörperte Wildnis, die unbekannte, schreckliche, erregende Wildnis, die in der Dunkelheit rings um den Lagerfeuern gelauert hatte, während sie, eng an die Feuerstätten geschmiegt, ihren Instinkt umgeformt und gelernt hatten, die Wildnis zu fürchten, aus der sie stammten und die sie hinter sich gelassen hatten. Generation auf Generation war ihnen diese Furcht vor der Wildnis selbstverständlicher geworden. Seit Jahrhunderten war für sie die Wildnis der Inbegriff von Schrecken und Zerstörung, und jederzeit hatten ihre Herren erlaubt, die Geschöpfe der Wildnis zu töten. Dadurch hatten sie sich selbst und ihre Herren geschützt.

Deshalb griffen sie auch White Fang sofort an, kaum, daß sie — aus dem angenehmen Leben des Südens kommend — über das Laufbrett das Ufer des Yukon betreten und White Fang erblickt hatten. Mochten sie auch Stadthunde sein — die instinktive Furcht vor der Wildnis war trotzdem in ihnen lebendig. Nicht allein ihre eigenen Augen sahen White Fangs wölfische Art im hellen Tageslicht, sie sahen ihn auch mit den Augen ihrer Vorfahren, und die vererbte Erinnerung erkannte in White Fang den Wolf, den Todfeind seit altersher.

All dies half, White Fangs Tage zu verschönen. Wenn sein Anblick die fremden Hunde ihn angreifen hieß — um so besser für ihn und um so schlimmer für sie! Sie sahen ihn als eine ihnen zustehende Beute an, und so sah auch er sie an.

Nicht umsonst hatte er das Licht der Welt in einer verlassenen Höhle erblickt und seine ersten Kämpfe mit einem Schneehuhn, einem Wiesel und einer Luchsin ausgetragen. Nicht umsonst war seine Kindheit durch Liplips Verfolgung und die des ganzen Rudels verbittert worden. Alles hätte anders verlaufen können. Dann wäre er auch anders geworden. Wäre Liplip nicht gewesen, dann hätte er seine Jugend mit den anderen jungen Hunden verbracht, und vielleicht liebte er sie dann jetzt. Hätte der Graue Biber nur eine Spur von Liebe und Zärtlichkeit gezeigt — White Fangs bessere Eigenschaften hätten sich entwickeln können. Aber so war es eben nicht, und White Fang war so geworden, wie er war: einzelgängerisch und mißtrauisch, bösartig und wild, der Todfeind aller seiner Artgenossen!

Nur wenige Weiße lebten in Fort Yukon. Sie waren schon lange im Lande. Sie nannten sich ›Sauerteig‹ und waren auf diese Bezeichnung sehr stolz. Auf die anderen, die neu waren, sahen sie verächtlich herab und freuten sich, wenn es ihnen schlecht ging. Besonders viel Spaß machte es ihnen, wenn White Fang und seine Bande unter den Hunden der Neuankömmlinge aufräumten, Immer, wenn ein Dampfer anlegte, waren sie am Ufer und sahen sich den Spaß an. Sie freuten sich so sehr darauf wie die Indianerhunde, und hinterher konnten sie die Wildheit und Kraft von White Fang nicht genug rühmen. Unter ihnen war einer, der an dieser Art besonders viel Freude hatte. Sobald der Dampfer pfiff, lief er hinzu, und wenn der Kampf zu Ende und White Fang und seine Bande sich aus dem Staube gemacht hatten, ging er langsam ins Fort zurück, und seinem Gesicht sah man an, wie sehr er bedauerte, daß schon wieder alles vorbei war. Wenn ein Hund aus dem Süden niedergeworfen war und seine Todesschreie ausstieß, dann konnte sich dieser Mann manchmal nicht beherrschen. Er sprang hoch und schrie vor Begeisterung laut auf. Immer warf er ein begehrliches Auge auf White Fang.

Dieser Mann wurde der ›Schöne‹ genannt. Seinen richtigen Namen wußte keiner, er war im ganzen Lande als der ›Schöne Smith‹ bekannt. Aber er war alles andere als schön, er war genau das Gegenteil davon. Er war ausgesprochen häßlich.

Die Natur hatte es nicht gut mit ihm gemeint, denn er war klein und mager, und auf dem mageren Leib saß ein magerer Kopf, ein spitzer Eierkopf, der ihm in der Kindheit den Spitznamen ›Stecknadel‹ eingetragen hatte. Er besaß keinen Hinterkopf und kein richtiges Kinn, dafür hatte die Natur, als hätte sie diese Sparsamkeit bereut, seine Gesichtszüge geradezu verschwenderisch ausgestaltet. Seine Augen standen so weit auseinander, daß gut noch ein Augenpaar dazwischen Platz gehabt hätte, und im Verhältnis zu seiner Gesamtstatur war sein Gesicht geradezu riesig geraten, vor allem sein Kiefer war abnorm groß. Er schien unmittelbar auf der Brust zu ruhen.

Dieser Kinnbacken gab ihm den Anschein eiserner Entschlossenheit, doch das war pure Lüge. Der ›Schöne Smith‹ war landauf, landab als der erbärmlichste und größte aller Feiglinge bekannt. Um sein Bild zu vervollständigen: seine Zähne waren groß und gelb, und die beiden Eckzähne, größer als ihre Gefährten, ragten zwischen den dünnen Lippen wie Stoßzähne heraus. Seine Augen hatten keine bestimmbare Farbe, ebensowenig sein Haar. Es war, als hätte die Natur aus ihren Farbtöpfen wahllos die Reste zusammengemischt.

Kurz gesagt: der ›Schöne Smith‹ war ein Monstrum von Mensch. Dafür konnte er nichts, die Natur hatte es so gewollt. Er erledigte das Kochen für die anderen, außerdem die Abwäsche und alle Schmutzarbeit. Sie behandelten ihn nicht gerade schlecht, sie ließen ihn gelten als das, was er war, ein verunglücktes Exemplar der menschlichen Gattung, und sie hatten sogar etwas Angst vor ihm. Seine Zornesausbrüche ließen befürchten, daß er sie von hinten erschießen oder ihnen Gift in den Kaffee tun könnte. Aber irgendwer mußte schließlich kochen, und — so kurz er auch in anderer Beziehung gekommen war — kochen konnte er.

Das nun war der Mann, der hinter White Fang her war,

vernarrt in dessen wilde Kraft. Er versuchte, sich mit White Fang anzufreunden, aber der beachtete ihn nicht. Später, als die Annäherungsversuche zunahmen, sträubte White Fang sein Haar, zeigte die Zähne und lief davon. Er konnte diesen Menschen nicht leiden. Er fühlte, daß der Mann ein Teufel war, er fürchtete die ausgestreckte Hand und die süßliche Sprechweise. Wegen dieser Dinge haßte er ihn sogar.

White Fang war gerade im Lager des Grauen Bibers, als der ›Schöne Smith‹ seinen Herrn zum ersten Male besuchte. Beim ersten Ton der sich nähernden Schritte, noch ehe er in Sicht war, wußte White Fang, wer da kam, und sein Haar sträubte sich. Er hatte bequem gelegen, aber er sprang sofort auf und zog sich wie ein echter Wolf bis in die äußerste Ecke des Lagers zurück. Er verstand nicht, was die Männer sagten, aber er konnte sehen, daß sich der Mann und der Graue Biber unterhielten. Einmal zeigte der Mann auf White Fang, und dieser begann zu knurren, als wäre die Hand unmittelbar über ihm und nicht so weit entfernt. Der Mann lachte darüber, und White Fang glitt lautlos in den nahen Wald. Er wandte sichernd den Kopf, als er geschmeidig davonlief.

Der Graue Biber weigerte sich, den Hund zu verkaufen. Er war durch seinen Handel reich geworden und litt an nichts Mangel. Außerdem war White Fang ein wertvolles Tier, der stärkste Schlittenhund, den er jemals besessen hatte, und der beste Leithund dazu. Es gab am Mackenzie und Yukon keinen zweiten Hund wie ihn. Er konnte kämpfen, er tötete andere Hunde so mühelos wie Menschen die Mücken.

Nein, White Fang war ihm für keine Summe feil!

Der ›Schöne Smith‹ kannte aber die Art der Indianer. Er besuchte den Grauen Biber oft im Lager und hatte unter seiner Jacke immer eine dunkle Flasche, oft sogar mehrere. Der Alkohol hat unter anderem die Eigenschaft, durstig zu machen, und der Graue Biber wurde durstig, und je mehr er trank, desto durstiger wurde er. Immer gieriger wurde er auf die anregende, ungewohnte Flüssigkeit, und er verschaffte sie sich mit allen Mitteln. Das Geld, das er für die Felle, Handschuhe und Mokassins erhalten hatte, wurde immer weniger, dafür wuchs seine schlechte Laune von Tag zu Tag.

Zum Schluß waren die letzten Reste von Geld und guter Laune hin. Ihm blieb nichts als sein Durst, ein gieriger Besitz, der immer gieriger wurde, je nüchterner er war. Und wieder verhandelte der ›Schöne Smith‹ mit dem Grauen Biber über den Verkauf von White Fang, aber dieses Mal bot er den Preis nicht in Dollars, sondern in Flaschen, und der Graue Biber hörte gierig zu.

»Wenn du den Hund greifen kannst, darfst du ihn behalten!« waren seine letzten Worte.

Die Flaschen wurden geliefert, aber zwei Tage später sagte der ›Schöne Smith‹ zum Grauen Biber: »Greif du den Hund!«

Eines Abends hatte sich White Fang ins Lager geschlichen und sich zufrieden hingelegt. Der gefährliche Weiße war nicht da. Seit Tagen wußte White Fang, daß der Weiße versuchte, ihn zu fangen, und deshalb hatte er das Lager gemieden. Er wußte nicht, welches Böse ihm von der Hand dieses Mannes drohte, er ahnte nur, daß ihm Böses drohte, und deshalb hielt er sich aus der Reichweite des Mannes.

Kaum aber hatte er sich hingelegt, als der Graue Biber angetaumelt kam, sich über ihn beugte und ihm einen Lederriemen um den Nacken schlang. Dann saß er neben White Fang und hielt das Ende des Riemens in der Hand. In der anderen Hand hatte er eine Flasche, und ab und zu hielt er sie umgekehrt über seinen Mund, und dann gab es gurgelnde Geräusche.

Eine Stunde verging, dann hörte White Fang, daß sich Schritte näherten. Sein Haar sträubte sich, denn er wußte, wer kam, während der Graue Biber vor sich hindämmerte.

White Fang versuchte, den Riemen vorsichtig aus der Hand seines Herrn zu ziehen, aber die Finger hielten ihn, und der Graue Biber schreckte auf.

Der ›Schöne Smith‹ kam ins Lager und stand über White Fang. Dieser knurrte den Gefürchteten leise an und beobachtete wachsam dessen Hände. Eine Hand streckte sich vor und begann, sich auf seinen Kopf herabzusenken. White Fangs Knurren wurde lauter und schärfer. Die Hand fuhr fort, sich langsam zu senken, während White Fang sich duckte und seine Atemzüge kürzer wurden. Dann schnappte er plötzlich zu, schnell wie eine Schlange. Die Hand fuhr zurück, und die Kiefer schlugen leer zusammen. Der ›Schöne Smith‹ war erschrocken und wütend zugleich. Der Graue Biber schlug White Fang mehrmals auf den Kopf, was dieser, an die Erde gepreßt, unterwürfig hinnahm.

White Fangs mißtrauische Augen verfolgten jede Bewegung. Er sah, wie der ›Schöne Smith‹ sich entfernte und mit einem dicken Stock zurückkam. Dann wurde ihm das Ende des Riemens vom Grauen Biber übergeben. Der ›Schöne Smith‹ schickte sich zum Gehen an, der Riemen straffte sich, denn White Fang widersetzte sich. Der Graue Biber schlug ihn rechts und links, um ihn dazu zu bringen, aufzustehen und dem ›Schönen Smith‹ zu folgen. Er gehorchte, aber so, daß er mit einem raschen Satz den Fremden ansprang, der ihn fortzerren wollte. Der ›Schöne Smith‹ wich dem Sprung nicht aus, denn darauf hatte er gewartet. Er schwang den Knüppel, stoppte damit den Sprung und schlug White Fang zu Boden. Der Graue Biber lachte und nickte anerkennend. Der ›Schöne Smith‹ zog den Riemen straff an, und White Fang richtete sich benommen auf. Er sprang kein zweites Mal. Ein einziger Schlag mit dem Knüppel hatte ihn davon überzeugt, daß der weiße Gott ihn zu handhaben verstand, und er fügte sich in das Unvermeidliche. So folgte er widerwillig dem ›Schönen Smith‹, den Schwanz eingezogen, leise knurrend. Der ›Schöne Smith‹ ließ ihn nicht aus den Augen, und der Knüppel war immer bereit, zuzuschlagen.

Im Fort band ihn der Mann fest an und ging dann ins Bett. White Fang wartete eine Stunde, dann traten seine Zähne in Tätigkeit, und nach zehn Minuten war er frei. Der Riemen war quer durchgebissen, als ob es ein Messer getan hätte. White Fang blickte noch einmal zum Fort hin, dann lief er zurück in das Lager des Grauen Bibers. Diesem fremden und widerwärtigen Mann schuldete er keine Treue. Er hatte sich dem Grauen Biber ergeben und betrachtete sich als dessen Eigentum.

Was sich ereignet hatte, wiederholte sich. Mit einem Unterschied. Der Graue Biber legte ihn wieder an einen Riemen und übergab den Hund am anderen Morgen dem ›Schönen Smith‹. Und dann geschah, was den Unterschied ausmachte. Der ›Schöne Smith‹ verabreichte ihm eine Tracht Prügel. Fest angebunden, blieb ihm nichts weiter übrig, als die Strafe hinzunehmen. Stock und Peitsche wurden gebraucht, und er erhielt die härtesten Prügel seines Lebens. Sogar die Schläge, die ihm der Graue Biber in seiner Kindheit verabreicht hatte, waren Streicheln im Vergleich zu dieser Strafe gewesen.

Dem ›Schönen Smith‹ machte es Spaß. Er schlug gern wehrlose Tiere, wie es alle Feiglinge tun. Seine Augen leuchteten auf, als er Stock und Peitsche schwang und das Wimmern und hilflose Knurren White Fangs vernahm.

White Fang wußte, weshalb er geschlagen wurde. Als der Graue Biber den Riemen um seinen Hals schlang und das Ende in die Hand des ›Schönen Smith‹ legte, wußte White Fang, daß es der Wille seines Herrn und Meisters war, daß er dem ›Schönen Smith‹ folgen solle. Als dieser ihn außerhalb des Forts anband, wußte er auch, daß es der Wille seines neuen Herrn war, daß er dort zu bleiben habe. Er hatte zweimal dem Willen eines Menschengottes nicht gehorcht und empfing nun die verdiente Strafe. White Fang hatte erlebt, wie Hunde ihre Herren wechselten, und auch erlebt, wie die Weggelaufenen so geschlagen wurden, wie er jetzt geschlagen wurde. Er war zwar klug, aber in seiner Natur waren Kräfte, die stärker waren als seine Klugheit. Eine davon hieß Treue. Er liebte den Grauen Biber nicht, aber jetzt noch, da er wütend auf ihn war, blieb er ihm treu. Dagegen konnte er nichts tun. Diese Treue war eine Eigenschaft des Stoffes, aus dem er geformt war.

Nach den Prügeln wurde White Fang ins Fort zurückgeschleppt. Diesmal band ihn Smith nach indianischer Art mit einem Stock fest. Aber niemand gibt leichten Herzens seinen Gott auf, und so tat auch White Fang dies nicht. Der Graue Biber war sein Herr, und obwohl dieser selbst es nicht mehr sein wollte, hing White Fang an ihm und wollte ihn nicht aufgeben. Der Graue Biber hatte ihn verlassen und verraten, aber das war für White Fang kein Grund, ihn aufzugeben. Nicht umsonst hatte er sich mit Leib und Seele ihm ergeben. Auf White Fangs Seite gab es keinen Vorbehalt in dem Vertrag. Er konnte ihn nicht brechen.

In der Nacht, als alle im Fort schliefen, machte sich White Fang über den Stock her, der ihn hielt. Der Stock war so eng am Halse festgebunden, daß er ihn kaum mit den Zähnen erreichen konnte. Er mußte die Halsmuskeln aufs äußerste anspannen und den Hals verdrehen, um das Holz zwischen die Zähne zu bekommen. Das Holz war fest und trocken, und er brauchte Stunden, bis es ihm gelungen war, den Stock zu durchnagen. Hunde tun dies gewöhnlich nicht, aber White Fang tat es und lief am frühen Morgen vom Fort weg. Das Ende des Stockes hing noch an seinem Hals.

Er war klug, aber nicht klug genug, sonst wäre er nicht zum Grauen Biber zurückgelaufen, der ihn bereits zweimal verraten hatte. Aber da gab es die Treue, und er kam zurück, um ein drittes Mal verraten zu werden. Wiederum mußte er sich vom Grauen Biber einen Riemen um den Hals schlingen lassen, und wieder kam der ›Schöne Smith‹, um ihn zu holen. Dieses Mal wurde er noch härter geschlagen als zuvor.

Der Graue Biber sah ungerührt zu, während der Weiße die Peitsche schwang. Er hatte keinen Grund einzugreifen. White Fang war ja nicht mehr sein Hund. Ein schwächlicher Hund aus dem Süden wäre an den Schlägen zugrundegegangen, aber White Fang nicht. Seine Lebensschule war härter gewesen, als die jedes anderen Hundes, und er war auch aus härterem Holz geschnitzt. Seine Lebenskraft war zu groß. Er hing zu sehr am Leben. Aber jetzt war er fast gebrochen. Zuerst konnte er sich nicht vorwärtsschleppen, und der ›Schöne Smith‹ mußte eine halbe Stunde warten. Dann schlich White Fang halb blind und taumelnd hinter seinem neuen Herrn ins Fort.

Diesmal wurde er an eine Kette gebunden, die seinen Zähnen widerstand. Vergeblich versuchte er, die Eisenklammern aus dem Holz zu reißen, mit denen sie befestigt war. Ein paar Tage später zog der Graue Biber, nüchtern aber ruiniert, auf seiner langen Fahrt zum Mackenzie den Porcupine hinauf, und White Fang blieb am Yukon als Eigentum eines Mannes, der halb verrückt und mehr als brutal war.

Aber was versteht schon ein Hund von Wahnsinn? Für White Fang war der ›Schöne Smith‹ nur sein Herr, wenn auch ein schrecklicher. Er mußte seinem neuen Herrn gehorchen und sich jeder seiner Launen unterwerfen.

VIII.

Tödlicher Clinch

Unter der Knute seines neuen, bösartigen Herrn wurde White Fang ein wahrer Teufel. Er wurde in einem Verschlag hinter dem Fort gehalten. Der ›Schöne Smith‹ ärgerte und reizte ihn und machte ihn durch hinterhältige Quälereien immer wilder. Er hatte bald herausgefunden, wie empfindlich White Fang war, wenn man ihn auslachte, und das nutzte er aus, indem er White Fang erst bis aufs Blut reizte und ihn dann verlachte. Dies Lachen war gemein und höhnisch, und dabei zeigte er auch noch mit dem Finger auf sein Opfer. White Fang verlor den letzten Rest von Vernunft und wurde fast noch verrückter als der ›Schöne Smith‹.

Vorher war White Fang lediglich der Feind seiner Art gewesen, nun wurde er der Todfeind von jedermann. Er wurde so systematisch gequält, daß er blind haßte, ohne jeden Grund und ohne jede Überlegung. Er haßte die Kette, mit der er angebunden war, er haßte die Männer, die ihn durch die Latten des Verschlages anstarrten, er haßte die Hunde, die diese Männer bei sich hatten, und er knurrte sie in seiner Wehrlosigkeit wütend an. Er haßte sogar das Holz seines Verschlages. Vor allem aber haßte er den ›Schönen Smith‹. Der aber wußte genau, warum er dies alles tat.

Eines Tages versammelten sich viele Männer um den Verschlag. Der ›Schöne Smith‹ ging hinein, einen Knüppel in der Hand, und band White Fang los. Als sein Herr ihn wieder verlassen hatte, tobte White Fang herum und versuchte, auf die Männer außerhalb des Verschlages loszugehen. Er war in einer geradezu großartigen Weise furchtbar. White Fang war jetzt fünf Fuß lang bei einer Schulterhöhe von zweiundeinemhalben Fuß, und dabei war er schwerer als ein gewöhnlicher Wolf. Er besaß auch nicht ein Gramm überflüssigen Fleisches oder gar Fettes, und wog über neunzig Pfund. White Fang bestand nur aus Muskeln, Knochen und Sehnen, ein Kämpfer in der allerbesten Verfassung.

Die Tür des Verschlages öffnete sich wieder. White Fang hörte auf, wütend hin und her zu rennen, denn etwas Außergewöhnliches geschah: Die Tür wurde noch weiter geöffnet, ein riesiger Hund hereingeschoben und die Tür hinter diesem geschlossen. White Fang hatte noch niemals einen solchen Hund gesehen. Es handelte sich um einen sogenannten Bullenbeißer, aber seine Größe und sein wildes Aussehen machten auf White Fang keinen Eindruck. Hier war endlich etwas, weder aus Holz noch aus Eisen, woran er seinen Haß auslassen konnte. Er sprang ihn an und riß ihm mit den Zähnen die Seite des Halses auf. Der Bullenbeißer schüttelte den Kopf, knurrte heiser und griff nun seinerseits an. Aber White Fang war überall und nirgends, sprang beiseite oder vorwärts oder rückwärts, und ab und zu biß er zu und war schon wieder woanders, wenn der andere Hund sich rächen wollte.

Die Zuschauer schrien und klatschten Beifall. Der ›Schöne Smith‹ aber geriet völlig aus dem Häuschen, so begeistert war er von der Vorstellung, die White Fang gab. Der Bullenbeißer hatte von vornherein nicht die kleinste Chance. Er war zu schwer und zu langsam. Schließlich wurde er von seinem Besitzer aus dem Verschlag gezogen, während der ›Schöne Smith‹ White Fang mit dem Knüppel zurücktrieb. Dann wurden die Wetten ausgezahlt, und Geld klimperte in der Hand des ›Schönen Smith‹.

Von da an wartete White Fang darauf, daß sich Männer

um seinen Verschlag versammelten, denn das bedeutete Kampf, und das war die einzige Möglichkeit für ihn, seine Lebenskraft auszutoben. Er wurde gequält, zum Haß gezwungen und als Gefangener gehalten. Dafür konnte er sich nur rächen, wenn sein Herr einen anderen Hund in seinen Verschlag ließ. Der ›Schöne Smith‹ schätzte White Fangs Kräfte richtig ein, denn immer ging der als Sieger aus den Kämpfen hervor. Eines Tages steckte man drei Hunde nacheinander in seinen Verschlag, einmal einen frisch gefangenen Wolf; dann ließ man sogar zwei Hunde auf einmal gegen ihn kämpfen. Das wurde sein härtester Kampf. Am Ende hatte er beide getötet, aber er selber war auch halb tot.

Als der erste Schnee fiel, löste der ›Schöne Smith‹ für sich selbst und für White Fang Karten für eine Fahrt auf einem Dampfer, der den Yukon hinauf nach Dawson fuhr. White Fangs Ruf hatte sich weithin verbreitet. Als der ›Kämpfende Wolf‹ war er weit und breit bekannt. Um seinen Käfig drängten sich immer mehr neugierige Leute. Er knurrte sie wütend an oder lag ruhig und betrachtete sie mit kaltem Haß. Warum sollte er sie nicht hassen? Er beantwortete sich diese Frage niemals. Er kannte ja nichts anderes als Haß. Das Leben war für ihn zur Hölle geworden.

Als der Dampfer in Dawson ankam, wurde White Fang ans Land gebracht. Auch hier war sein Käfig stets von Neugierigen umlagert. Er wurde als der ›Kämpfende Wolf‹ ausgestellt, und jeder zahlte 50 Cents in Goldstaub. White Fang bekam keine Ruhe. Wenn er schlafen wollte, dann scheuchte ihn die scharfe Spitze eines Stockes auf, denn die Leute sollten für ihr Geld auch etwas sehen. Damit die Schaustellung interessant blieb, wurde er ununterbrochen gereizt. Schlimmer als das alles aber war die Atmosphäre, in der er leben mußte. Er war für alle weiter nichts als das wildeste, gefährlichste Tier, das sich nur denken ließ.

Der ›Schöne Smith‹ stellte aber White Fang nicht bloß aus.

Er ließ ihn auch kämpfen. In unregelmäßigen Abständen, immer dann, wenn sich ein Kampf durchführen ließ, wurde er aus seinem Käfig geholt und in die Wälder gebracht, viele Meilen von der Stadt entfernt. Gewöhnlich geschah dies nachts, damit es keine Schwierigkeiten mit der Polizei gäbe, denn solche Kämpfe waren verboten. Er mußte dann ein paar Stunden warten, aber wenn es Tag geworden war, hatten sich genug Leute versammelt, und der Hund, mit dem er kämpfen sollte, war auch eingetroffen. Auf diese Weise kam es zu Kämpfen mit Hunden verschiedenster Größe und Rasse. Es war ein wildes Land, und die Männer waren genauso wild. Gewöhnlich endeten die Kämpfe mit dem Tod der Unterlegenen. Bisher hatte White Fang immer gesiegt. Seine harte Jugend kam ihm jetzt zustatten. Er blieb auf den Füßen, und nie gelang es einem Gegner, ihn umzuwerfen. Es war der Trick der Wolfshunde, ihn anzuspringen, entweder unmittelbar oder mit einer raschen Drehung. Mackenzie-Hunde, Eskimo- und Labrador-Hunde, Polarhunde und andere Rassen — alle versuchten das, und allen mißlang es. Niemals verlor er den Boden unter den Füßen. Die Männer sprachen darüber und kamen immer wieder, um endlich einmal zu erleben, daß White Fang von den Füßen käme. Aber er enttäuschte sie immer.

Er war einfach zu schnell für seine Gegner. Das gab ihm einen riesigen Vorteil. Mochten sie noch soviel Kampferfahrung haben, niemals hatten sie einem so schnellen und geschmeidigen Hund gegenübergestanden. Hinzu kam, daß White Fang sofort angriff. Ein gewöhnlicher Hund begann den Kampf mit Knurren, Grollen und Haarsträuben, und jeder gewöhnliche Hund war so schon erledigt, ehe er sich von seiner Überraschung erholt und richtig zu kämpfen begonnen hatte. Das wiederholte sich so oft, daß man White Fang zurückhielt, bis sein Gegner mit seinen Plänkeleien fertig war und zum Angriff überging.

Der allergrößte Vorteil, den White Fang besaß, war seine Erfahrung. Er verstand mehr vom Kämpfen als alle Hunde, die ihm gegenübertraten. Er hatte weit mehr Kämpfe als sie ausgetragen, er kannte alle Kniffe und Tricks, und seine Kampfesweise war einfach vollkommen.

Nach und nach wurden die Kämpfe immer seltener. Er fand einfach keine gleichwertigen Gegner, und das enttäuschte die Zuschauer. Der ›Schöne Smith‹ war gezwungen, Wölfe gegen White Fang kämpfen zu lassen. Sie wurden von Indianern für diese Zwecke gefangen, und solch ein Kampf fand immer Zuschauer. Einmal wurde ihm eine ausgewachsene Luchsin gegenübergestellt, und diesmal war es ein Kampf auf Leben und Tod. Sie war so gewandt und schnell wie er, auch an Wildheit stand sie ihm nicht nach, und außerdem kämpfte er nur mit den Zähnen, sie aber auch mit ihren messerscharfen Krallen.

Nachdem die Luchsin erledigt war, hatte White Fang Ruhe. Es gab kein Tier mehr, mit dem er kämpfen konnte, oder wenigstens keines, das ihm gleichwertig war. So wurde er bis zum Frühjahr nur zur Schau gestellt.

Zu dieser Zeit kam ein gewisser Tim Keenan, ein Spielbank-Besitzer. Er brachte eine Bulldogge mit, die erste, die jemals nach Klondyke gekommen war. Daß sie und White Fang sich messen würden, war klar, und der bevorstehende Kampf zwischen den beiden Hunden war eine ganze Woche lang der Gesprächsstoff in gewissen Kreisen der Stadt . . .

Der ›Schöne Smith‹ löste die Kette von White Fangs Hals und trat zurück.

Diesmal griff White Fang nicht sofort an. Er blieb stehen und starrte neugierig das fremde Tier an, das ihm gegenüberstand. Niemals hatte er einen solchen Hund gesehen. Tim Keenan stieß die Bulldogge vorwärts und sagte: »Los, faß ihn!« Das Tier watschelte bis in die Mitte des Ringes, kurz, fett und unförmig. Hier blieb es stehen und blinzelte White Fang an.

Die Menge feuerte ihn an. »Los, faß ihn, Cherokee!«

»Mach ihn fertig, Cherokee!«

»Ein Frühstück für dich, Cherokee!«

Die Bulldogge hatte aber keine Lust zu kämpfen. Sie wandte den Kopf und betrachtete gleichgültig die Männer, die sie anfeuerten, und dabei wedelte sie gutmütig mit dem Schwanzstumpf. Sie war nicht ängstlich, sondern nur träge und schien nicht begriffen zu haben, daß sie mit dem anderen Hund kämpfen solle. Sie hatte mit einem solchen Hund noch nie gekämpft, und nun wartete sie darauf, daß man ihr den richtigen Gegner bringe.

Tim Keenan kam heran und beugte sich über seinen Hund. Er strich ihm mit beiden Händen die Schultern gegen den Haarstrich entlang, und dabei schob er ihn Stückchen um Stückchen vorwärts. Dies blieb nicht ohne Wirkung. Cherokee begann, leise zu knurren. Der Ton kam ganz tief aus der Kehle. Die Bulldogge knurrte im Rhythmus der Hände Tim Keenans.

White Fang begann nun auch zu knurren und das Haar zu sträuben. Tim Keenan gab seinem Hund einen letzten Klaps und trat zurück. Cherokee lief vorwärts, langsam und krummbeinig, und White Fang schnappte zu. Beifall ertönte, denn er war mehr wie eine Katze als wie ein Hund vorwärtsgeschnellt und wieder zurückgesprungen.

Cherokee blutete aus einer Wunde im Ohr und einem Riß im Halse, aber das machte ihm nichts aus; er knurrte nicht einmal. Er machte nur kehrt und verfolgte White Fang. Die verschiedene Kampfesweise der beiden Hunde, die Schnelligkeit des einen, die Beharrlichkeit des anderen, erregte die Zuschauer, und neue Wetten wurden abgeschlossen und die bereits abgeschlossenen erhöht. Wieder und wieder griff White Fang an, verwundete seinen Gegner und sprang unverwundet zurück, und unbeirrt verfolgte ihn sein Feind, ohne Hast, keineswegs langsam, aber entschlossen und unverdrossen wie ein Geschäftsmann, der sein Ziel verfolgt und sich durch nichts aus der Ruhe bringen läßt. Seine Kampfesweise war allein vom Ziel bestimmt. Das verwirrte White Fang. Niemals hatte er einen solchen Hund gesehen.

Immer wieder schlug er seine Zähne tief in das weiche Fleisch. Der andere schien nicht in der Lage zu sein, sich zu verteidigen. Er heulte nicht einmal auf, wie es White Fang von anderen Hunden gewöhnt war. Er knurrte nur leise, wenn er verwundet wurde, aber er lief unentwegt hinter ihm her.

Nicht etwa, daß Cherokee plump gewesen wäre. Er konnte sich aber noch so gewandt und schnell drehen — er kriegte White Fang nicht zu fassen. Cherokee war verwirrt. Noch nie hatte er mit einem Hund gekämpft, der nicht zu fassen war, und darauf allein kam es ihm an. Aber dieser Hund tänzelte und sprang um ihn herum und war überall und nirgends. Er biß ihn immer wieder, aber er ließ sofort wieder los und sprang zurück.

White Fang konnte nicht die weiche Unterseite des Halses zu fassen bekommen. Die Bulldogge war zu niedrig, und ihre kräftigen Kiefer waren ein zusätzlicher Schutz. White Fang sprang unverwundet hin und her, während Cherokee aus immer mehr Wunden blutete, trotzdem blieb er unentwegt bei seinem Plan. Er verfolgte White Fang unentwegt, nur einmal blieb er stehen, sah zu den Zuschauern hinauf und wedelte mit dem Schwanzstumpf, um zu zeigen, daß er weiterkämpfen wolle.

In diesem Augenblick griff White Fang an und riß ihm ein Ohr in Fetzen. Mit einem leisen Anzeichen von Ärger nahm Cherokee wieder die Verfolgung auf. Er lief auf der inneren Seite des Kreises und versuchte plötzlich, White Fang den tödlichen Biß in die Kehle beizubringen. Der Angriff verfehlte um Haaresbreite sein Ziel, und White Fang erhielt viel Beifall, weil er der Gefahr durch einen Sprung in die entgegengesetzte Richtung entging.

Die Zeit verging. Während White Fang weiterhin herumsprang und tänzelte und jeder Verwundung entging, verfolgte ihn die Bulldogge zäh und unverdrossen. Früher oder später würde sie ihr Ziel erreichen, den Biß ansetzen und den Kampf gewinnen. Vorher mußte sie eben das erleiden, was der andere ihr antat. Ihre Ohren waren zerfetzt, ihr Hals und ihre Schultern waren von vielen Wunden bedeckt, und sogar ihre Lippen waren aufgerissen und blutig. Aber trotzdem würde sie am Ende siegen.

Immer wieder hatte White Fang versucht, Cherokee umzuwerfen, aber der Unterschied in ihrer Statur war zu groß. Cherokee war zu gedrungen. White Fang versuchte es dennoch. Die Gelegenheit schien ihm günstig, als Cherokee sich bei den immerwährenden Sprüngen umdrehte und ihm dabei die Schulter bot. White Fang stieß dagegen, aber sein eigene Schulter war zu hoch. Er hatte den Stoß jedoch mit solcher Kraft geführt, daß er das Gleichgewicht verlor und über Cherokee fiel. Zum ersten Male, so lange White Fang kämpfte, sahen die Zuschauer, daß er den Boden unter den Füßen verlor. Er überschlug sich in der Luft und wäre auf dem Rücken gelandet, hätte er sich nicht wie eine Katze in der Luft gedreht. So landete er wieder auf seinen Füßen, aber in diesem Augenblick schlossen sich Cherokees Zähne um seine Kehle ...

Der Biß war zu tief angesetzt, mehr an der Brust als an der Kehle, aber Cherokee ließ nicht mehr los. White Fang drehte sich um sich selbst, um die Bulldogge abzuschütteln. Das Gewicht an seinem Halse machte ihn rasend, es schränkte seine Bewegungsfreiheit ein. Es war wie eine Falle, und alles in ihm sträubte sich dagegen. Für ein paar Minuten verlor er alle Beherrschung, sein Lebenswille brach mit ungeheurer Gewalt durch, alle Vernunft war wie weggeblasen.

Er lief im Kreise und rüttelte und schüttelte sich, um die fünfzig Pfund Gewicht an seinem Halse loszuwerden. Aber die Bulldogge lockerte ihren Griff nicht. Ab und zu gelang es ihr, auf die Füße zu kommen und sich gegen White Fang zu stemmen, aber im nächsten Augenblick verlor sie wieder den Halt unter den Füßen und wurde von White Fangs verzweifelten Bewegungen hin und her geschleudert. Aber sie gab White Fang nicht frei. Ihr Instinkt sagte ihr, daß sie festhalten müsse, und es machte ihr beinahe Spaß, so herumgeschleudert zu werden. Sie schloß die Augen und ließ es geschehen, hin und her geworfen zu werden, gleichgültig, was ihr dabei zustieß. Das zählte nicht, aber den Griff durfte sie nicht lockern. Auf diesen Griff kam es an, und der Griff hielt!

White Fang hielt erschöpft inne. Er konnte nichts tun, und er verstand nicht, was ihm widerfuhr. So etwas hatte er noch nicht erlebt. Die Hunde, mit denen er bisher gekämpft hatte, kämpften anders. Er legte sich nieder und rang nach Atem. Cherokee, die Zähne um seinen Halsansatz, versuchte, ihn ganz herumzuziehen, aber White Fang wehrte sich. Er fühlte, wie die Kinnladen der Bulldogge sich ein wenig lockerten, sich hochschoben und wieder schlossen, ein wenig seiner Kehle näher. Die Bulldogge hielt fest, was sie hatte, und sie arbeitete sich langsam, aber sicher an seine Kehle heran. Die Gelegenheit hierzu ergab sich, wenn White Fang Atem schöpfen mußte, wenn er kämpfte, tat sie nichts, als den Griff nicht zu lockern.

Es gab keine Rettung für White Fang. Was ihn vorläufig vor dem Tode bewahrte, waren die lose Halshaut und das dicke Fell, das sie bedeckte. Beides bildete eine Wulst zwischen Cherokees Zähnen, die sie nicht durchbeißen konnten. Aber nach und nach bekam die Bulldogge immer mehr von der losen Haut und dem Fell zwischen die Zähne, und allmählich bekam White Fang kaum noch Luft.

Es hatte den Anschein, als sei der Kampf zu Ende. Cherokees Partei triumphierte und bot lächerlich hohe Wetten an. White Fangs Anhänger waren niedergeschlagen und lehnten Wetten von 10 : 1, ja sogar von 20 : 1 ab. Nur ein Mann war kühn genug, ein Wagnis von 50 : 1 einzugehen. Dieser Mann war der ›Schöne Smith‹. Er trat in den Ring und zeigte mit dem Finger auf White Fang. Dann begann er höhnisch und aufreizend zu lachen. Das hatte den gewünschten Erfolg. White Fang wurde rasend. Er bot seine letzten Kraftreserven auf und sprang auf die Füße. Aber als er im Kreise herumtobte, die fünfzig Pfund an seiner Kehle, wurde seine Angst zur Panik. Sein Lebenswille war stärker als alles andere, und jeder Rest von Verstand verließ ihn. Er raste hin und her, strauchelte, fiel und rappelte sich wieder auf, erhob sich auf die Hinterläufe und wirbelte seinen Todfeind durch die Luft, um dem tödlichen Griff an seinem Hals zu entkommen.

Zuletzt fiel er völlig erschöpft um, und sofort schob die Bulldogge ihre Zähne wieder ein Stück höher, der Griff wurde enger und zog die Halshaut noch mehr zusammen. White Fangs Atemnot wuchs. Die Zuschauer jubelten dem Sieger zu. »Cherokee! Cherokee!« riefen sie, und die Bulldogge wedelte als Antwort mit ihrem Schwanzstummel.

In diesem Augenblick wurden die Zuschauer unruhig, denn Schlittenglocken und Rufe von Hundetreibern waren zu hören. Alle außer Smith blickten sich besorgt um, denn sie hatten Angst vor der Polizei. Sie erblickten zwei Schlitten und zwei Männer, die offensichtlich Gold oder anderes Metall gesucht hatten und nun auf der Rückfahrt ins Fort waren. Sobald die beiden die Leute sahen, hielten sie ihre Schlitten an und kamen näher, um zu erfahren, was der Grund der Aufregung sei. Der Hundetreiber trug einen

Schnurrbart, der andere, ein hochgewachsener junger Mann, war glatt rasiert. Sein Kinn war durch die Kälte und die frische Luft geradezu rosig wie das eines Kindes.

White Fang hatte aufgehört zu kämpfen. Ab und zu versuchte er noch freizukommen, aber das waren nutzlose, krampfhafte Anstrengungen. Er bekam nur noch wenig Luft, und es wurde immer weniger und weniger unter dem erbarmungslosen Zugriff seines Feindes. Die große Schlagader wäre schon längst trotz des dicken Felles durchbissen gewesen, hätte die Bulldogge nicht beim ersten Zugreifen ihn so tief am Halse gefaßt. Cherokee hatte lange gebraucht, um sich bis zur Kehle vorzuarbeiten, und dabei hatte sie immer mehr Fell zwischen die Zähne bekommen.

Im ›Schönen Smith‹ hatte mittlerweile die angeborene Roheit über das letzte bißchen Verstand gesiegt. Als er sah, daß White Fangs Augen gläsern wurden, ahnte er, daß der Kampf verloren war. Da verlor er die Beherrschung. Er begann, White Fang zu treten. Die Zuschauer protestierten, aber damit begnügten sie sich. Doch der junge hochgewachsene Mann, der eben mit dem Schlitten gekommen war, drängte sich rücksichtslos nach vorn. Als ihm das gelungen war, hob der ›Schöne Smith‹ gerade wieder den Fuß, um White Fang einen weiteren Tritt zu versetzen. Das ganze Körpergewicht ruhte auf dem Standbein. In diesem Augenblick fuhr ihm die Faust des jungen Mannes ins Gesicht. Das Standbein des ›Schönen Smith‹ verlor seinen Halt, und er flog durch die Luft und landete im Schnee. Der junge Mann wandte sich der Menge zu.

»Ihr Feiglinge!« schrie er. »Ihr erbärmlichen Unmenschen!«

Er war wütend, seine grauen Augen leuchteten wie Metall, als sie die Menge grimmig musterten. Der ›Schöne Smith‹ rappelte sich auf und kam unterwürfig herangeschlichen. Der junge Mann ahnte nicht, was für ein Feigling ihm gegenüberstand, und deshalb versetzte er dem ›Schönen Smith‹ einen weiteren Schlag. Der beschloß, im Schnee liegenzubleiben. Das schien ihm der sicherste Platz zu sein. Er machte keine Anstalten, wieder aufzustehen.

»Los, Matt, hilf mir!« rief der junge Mann dem Hundetreiber zu, der ihm in den Ring gefolgt war.

Beide beugten sich über die Hunde. Matt packte White Fang, um ihn zurückzureißen, wenn sich Cherokees Kinnbacken lockern sollten. Der junge Mann versuchte, diese auseinanderzuziehen. Ein vergebliches Unterfangen! Er zog, zerrte, drehte und machte ab und zu seinem Ärger Luft und murmelte: »Diese Bestien!«

Die Menge begann zu murren, weil ihre Unterhaltung gestört wurde, aber wenn der junge Mann aufsah und sie anblickte, verstummte das Murren sofort.

»Es hat keinen Zweck, Mr. Scott. So kriegen wir sie nicht auseinander!« meinte Matt nach einer Weile.

Das Mitgefühl des jungen Mannes für White Fang wuchs. Er schlug wütend auf Cherokees Kopf, aber Cherokees Kiefer blieben geschlossen. Er wedelte mit dem Schwanzstumpf, zum Zeichen, daß er den Sinn der Schläge durchaus verstand, daß er sich aber im Recht fühlte und lediglich seine Pflicht erfüllte, wenn er den Griff nicht lockere.

»Will denn keiner helfen?« schrie Scott verzweifelt in die Menge. Niemand war dazu bereit. Statt dessen lachten sie ihn aus und gaben ihm höhnisch alberne Ratschläge.

»Sie müssen einen Keil nehmen«, riet Matt.

Der andere zog seine Pistole und versuchte, sie zwischen Cherokees Kinnbacken zu schieben. Er schob so kräftig, daß man hörte, wie der Stahl an den Zähnen knirschte.

Tim Keenan trat in den Ring. Er blieb neben Scott stehen, tippte ihn auf die Schulter und sagte drohend: »Brechen Sie ihm nicht die Zähne!«

»Dann breche ich ihm eben das Genick!« antwortete Scott und ließ sich in seinem Versuch, White Fang zu retten, nicht stören.

»Ich habe gesagt: Brechen Sie ihm nicht die Zähne!« wiederholte der Spielbankbesitzer drohender als vorher.

Wenn seine Drohung ein Bluff war, so wirkte der nicht. Scott dachte nicht daran, aufzugeben. Er sah nur auf und fragte kalt: »Ihr Hund?«

Der Spielbankbesitzer nickte.

»Dann packen Sie gefälligst mit zu!«

»Fremder Herr«, meinte Cherokees Besitzer verblüfft. »Ich weiß nicht, wie man das macht. Davon habe ich keine Ahnung!«

»Dann scheren Sie sich fort und stören Sie mich nicht!« war die Antwort. »Ich bin beschäftigt!«

Tim Keenan blieb neben ihm stehen, aber Scott nahm keine Notiz von ihm. Es war ihm gelungen, den Lauf zwischen die Kinnladen zu schieben, dann drückte er langsam und vorsichtig die Zähne auseinander, während Matt ebenso langsam und vorsichtig White Fangs gequälten Hals herauszog.

»Halten Sie Ihren Hund fest!« befahl Scott kurz und entschlossen Tim Keenan. Der gehorchte widerspruchslos und hielt Cherokee fest, der wütend wieder zufassen wollte.

»Bringen Sie ihn beiseite!« befahl Scott weiter, und Tim schleppte Cherokee unter die Zuschauer.

White Fang machte einige vergebliche Versuche, auf die Beine zu kommen, aber sie waren zu schwach, ihn zu tragen, und er fiel in sich zusammen und sank in den Schnee zurück. Seine glasigen Augen waren halb geschlossen. Das Maul stand offen, die Zunge hing schlaff heraus. Er glich einem Hunde, der zu Tode gewürgt ist. Matt untersuchte ihn.

»Viel hat nicht gefehlt«, meinte er dann, »aber sein Atem ist in Ordnung!«

Der ›Schöne Smith‹ hatte sich erhoben und trat nun heran, um nach White Fang zu sehen.

»Wieviel ist ein guter Schlittenhund wert, Matt?« fragte Scott.

»Dreihundert Dollar!« antwortete Matt, nachdem er einen Augenblick überlegt hatte.

»Und was ist einer wert, der so fertig ist wie der da?«

»Die Hälfte!« gab der Hundetreiber zur Antwort.

Scott wandte sich dem ›Schönen Smith‹ zu.

»Haben Sie gehört, Herr Unmensch? Ich nehme Ihren Hund und gebe Ihnen hundertfünfzig Dollar dafür!«

Er zog seine Brieftasche und zählte die Scheine ab.

Der ›Schöne Smith‹ legte die Hände auf den Rücken, um unmißverständlich die Annahme der Scheine zu verweigern. »Ich verkaufe ihn nicht!«

»Doch, das tun Sie!« versicherte ihm der andere. »Denn ich kaufe ihn. Hier ist Ihr Geld, der Hund ist mein Eigentum!«

Der ›Schöne Smith‹, die Hände noch auf dem Rücken, trat ein paar Schritte zurück. Scott folgte ihm und hob die Faust. Der ›Schöne Smith‹ bückte sich, um ihr auszuweichen.

»Ich bin im Recht!« jammerte er.

»Ihr Recht an dem Hund haben Sie selber verwirkt!« war die Erwiderung. »Sind Sie bereit, das Geld zu nehmen, oder wollen Sie mich zwingen, noch einmal meine Faust um Unterstützung zu bitten?«

»Alles in Ordnung!« erwiderte der ›Schöne Smith‹ ängstlich und schnell. »Aber ich nehme das Geld nur unter Protest! Der Hund ist mein Eigentum. Ich werde beraubt. Ein Mann besteht auf seinem Recht!«

»Sie haben völlig recht«, meinte Scott kalt und übergab ihm die Scheine. »Ein Mann besteht auf seinem Recht. Aber Sie sind kein Mann, Sie sind eine Bestie!«

»Warten Sie ab . . . Wenn ich wieder in Dawson bin! Dort

habe ich das Gesetz auf meiner Seite!« drohte der ›Schöne Smith‹.

»Wenn Sie in Dawson den Mund auftun, werde ich dafür sorgen, daß Sie aus der Stadt gejagt werden! Verstanden?«

Der ›Schöne Smith‹ murmelte murrend Unverständliches.

Scott wandte ihm den Rücken zu und half dem Hundetreiber, der sich mit White Fang beschäftigte.

Ein Teil der Männer entfernte sich. Andere blieben in Gruppen beieinander stehen und unterhielten sich.

Tim Keenan trat hinzu. »Wer ist das Großmaul?« fragte er.

»Weedon Scott«, antwortete einer.

»Und wer, beim Teufel, ist Weedon Scott?«

»Einer der allerbesten Minenfachleute. Er ist ganz groß im Geschäft. Wenn Sie keinen Ärger haben wollen, dann lassen Sie die Sache auf sich beruhen, das ist mein Rat! Er hat alle Beamten auf seiner Seite! Der Distriktchef ist sein Busenfreund!«

»So etwas habe ich mir gedacht!« meinte der Spielbankbesitzer. »Deshalb habe ich mich auch von Anfang an nicht mit ihm eingelassen!«

IX.

Eine lange Reise

»Es ist hoffnungslos!« erklärte Weedon Scott.

Er saß auf den Stufen seines Häuschens und schaute den Hundetreiber an, der mit einem Achselzucken bedeutete, daß er derselben Meinung war. Gemeinsam beobachteten sie dabei White Fang, der an seiner Kette zerrte, wütend knurrte, das Haar sträubte und sich auf die Schlittenhunde stürzen wollte. Nach einigen schmerzlichen Lektionen, die ihnen Matt mit Hilfe eines Knüppels erteilt hatte, hatten sie verstanden, daß sie White Fang in Ruhe lassen sollten. Sie lagen in einiger Entfernung und taten, als gäbe es White Fang gar nicht.

»Er ist ein Wolf und einfach nicht zu zähmen!« meinte Weedon Scott. »Armer Teufel! Wahrscheinlich fehlt ihm nichts weiter als ein bißchen Liebe«, fügte er hinzu und ging ins Haus. Er kehrte mit einem Stück Fleisch zurück und warf es White Fang hin. Der sprang zurück und starrte es mißtrauisch aus einiger Entfernung an.

»Zurück, Major!« schrie Matt warnend. Aber es war schon zu spät.

Major, einer der Schlittenhunde, war nach dem Fleisch gesprungen. In dem Augenblick, als er es packte, sprang ihn White Fang an und stieß ihn um. Matt wollte eingreifen, aber White Fang war schneller. Major erhob sich taumelnd, das Blut aus der Schlagader des Halses färbte den Schnee rot.

»Es ist ärgerlich, aber trotzdem geschah ihm recht!« rief Scott.

Matt hob den Fuß, um White Fang einen Tritt zu versetzen. Da sah man einen Sprung, hörte ein Zusammenklappen der Zähne und dann einen Aufschrei. White Fang knurrte wütend und sprang ein paar Meter zurück, während Matt sich bückte und sein Bein untersuchte.

»Mir geschah auch nur recht!« verkündete er dann und zeigte auf das zerrissene Hosenbein und auf den roten Fleck, der sich schnell vergrößerte.

»Ich sagte es Ihnen ja, Matt. Er ist ein hoffnungsloser Fall!« meinte Scott niedergeschlagen. »Ich habe über ihn nachgedacht, aber damit ist nun Schluß. Jetzt muß es geschehen. Es ist das einzige, das übrigbleibt!«

Er zog seinen Revolver, klappte ihn auf und versicherte sich, daß er geladen war.

»Der Hund ist durch eine Hölle gegangen!« warf Matt hastig ein. »Niemand kann erwarten, daß er weiß und unschuldig wie ein Engel herauskam. Geben Sie ihm noch eine Frist!«

»Sehen Sie doch Major an!« erwiderte der andere.

Der Hundetreiber betrachtete den todwunden Hund. Er lag im Schnee und tat die letzten Atemzüge.

»Es ist ihm wirklich recht geschehen. Sie haben es selbst gesagt, Mr. Scott! Er hat versucht, White Fang Fleisch zu nehmen, und nun ist er mausetot! Das war zu erwarten. Ich gäbe keinen Pfennig für einen Hund, der nicht um sein Futter kämpft!«

»Zugegeben, Matt. Aber wie steht's mit Ihnen? Irgendwo muß die Grenze sein.«

»Auch mir geschah nur recht«, wiederholte Matt störrisch. »Warum wollte ich ihm einen Tritt geben!«

»Es wäre ein Akt der Barmherzigkeit, ihn zu töten!« bemerkte Scott. »Er ist einfach nicht zu zähmen!«

»Geben Sie dem armen Teufel noch eine Chance. Er hatte ja bisher noch nie eine!«

»Bei Gott, ich will seinen Tod nicht«, erwiderte Scott und steckte den Revolver weg. »Wir wollen ihn frei herumlaufen lassen und sehen, ob er durch Güte zu zähmen ist. Ich will's versuchen.«

Er ging auf White Fang zu. Dessen Haar sträubte sich, als Scott näher kam. Dazu knurrte er, um anzukündigen, daß er nicht gewillt sei, sich widerstandslos bestrafen zu lassen, wenn er auch Strafe verdient hatte. Er hatte einen Menschengott gebissen, und harte Strafe erwartete ihn. Das wußte er. Der Mann ließ sich einige Schritte von ihm entfernt nieder. White Fang konnte darin keine Gefahr sehen. Wenn die Männer sich anschickten, ihn zu bestrafen, dann standen sie! Außerdem hatte dieser weiße Gott keinen Knüppel, keine Peitsche, keine Feuerwaffe. Und er selber war frei! Matt hatte ihn eben von der Kette losgemacht. Er konnte entkommen, wenn der Mann sich erhob. Inzwischen konnte er aufpassen und abwarten.

Der weiße Gottmensch blieb ruhig sitzen, und White Fang hörte auf zu knurren. Aber sein Haar sträubte sich sofort, und er begann auch wieder zu knurren, als der Gottmensch zu sprechen anfing. Dabei machte er aber keine feindliche Bewegung, sondern redete unaufhörlich ruhig weiter. Eine Zeitlang knurrte White Fang in dem Rhythmus, in dem der Mann sprach. Dann verstummte das Knurren, während die Stimme weiter erklang. Er sprach mit White Fang, wie noch nie ein Mensch mit ihm gesprochen hatte, ruhig und wohltönend, mit einem Ton, der White Fang irgendwo und irgendwie berührte. Trotz seiner Natur und seines Instinktes, die ihn warnten, begann White Fang, Vertrauen zu dem Menschen zu fassen. Er hatte ein Gefühl der Sicherheit, das alle bisherigen Erfahrungen mit den Menschen widerlegte.

Nach längerer Zeit stand der Gottmensch auf und ging ins

Haus. White Fang beäugte ihn scheu, als er wieder herauskam. Er trug weder eine Peitsche noch einen Knüppel und erst recht keine Flinte, auch hatte er keine Hand hinter dem Rücken verborgen. Er ließ sich wieder einige Schritte von ihm entfernt nieder — und hielt ihm ein Stück Fleisch hin. White Fang spitzte die Ohren und betrachtete es mißtrauisch. Aber er ließ auch den Mann nicht aus den Augen, auf eine überraschende Aktion gefaßt, jeden Muskel gespannt und bereit, beim ersten Anzeichen von Feindseligkeit sofort wegzuspringen.

Aber die Bestrafung blieb weiterhin aus. Der Menschengott hielt ihm lediglich das Stück Fleisch vor die Nase. Mit dem Fleisch schien es nichts Böses auf sich zu haben. Doch White Fang blieb mißtrauisch, obwohl ihm das Fleisch einladend angeboten wurde. Er nahm es nicht an. Die Gottmenschen waren allmächtig, und es war keine Frage, daß irgendeine Schurkerei hinter dem harmlosen Stück Fleisch lauerte. So etwas hatte er schon bei Indianerfrauen erlebt.

Schließlich warf der Gottmensch das Fleisch vor White Fangs Füßen in den Schnee. White Fang beroch es gründlich, aber dabei ließ er keinen Augenblick den Mann aus den Augen. Nichts geschah. White Fang nahm das Fleisch ins Maul und verschlang es, und wieder geschah nichts. Der Gottmensch bot ihm lediglich ein weiteres Stück Fleisch an. Wieder weigerte er sich, es aus der Hand anzunehmen, und wieder wurde es ihm hingeworfen. Das wiederholte sich einige Male, bis der Gottmensch es einmal in der Hand behielt und ihm beharrlich anbot.

Das Fleisch war gutes Fleisch, und White Fang war hungrig. Zentimeter um Zentimeter und unendlich vorsichtig näherte er sich der Hand. Schließlich mußte er sich entschließen, ob er es aus der Hand annehmen wollte. Er beobachtete den Gottmenschen scharf, streckte den Kopf vor, die Ohren zurückgelegt und das Haar gesträubt. Auch knurrte er leise als Warnung, daß er nicht zu überrumpeln sei. Er nahm das Fleisch, verschlang es, und nichts ereignete sich. Die Bestrafung verzögerte sich weiter.

Er leckte sich das Maul und wartete. Der weiße Gottmensch sprach noch immer. In seiner Stimme war ein gütiger Ton, etwas, womit White Fang noch keine Erfahrung gemacht hatte. Auch mit den Empfindungen, die sich jetzt in ihm regten, hatte er noch keine Erfahrungen. Er empfand eine unbestimmte, fremdartige Zufriedenheit, als ob sich in ihm eine innere Leere plötzlich mit irgend etwas fülle. Wieder warnte ihn sein Instinkt. Die Menschen waren verschlagen. Sie benutzten ungewöhnliche Mittel, um ihr Ziel zu erreichen.

Aha, jetzt kam, was er erwartet hatte! Die Hand des Gottmenschen, die Schmerz verursachte, streckte sich nach ihm aus, schwebte über seinem Kopf. Dabei aber sprach der Gottmensch weiter, und seine Stimme blieb weich und wohltönend. Trotz der ausgestreckten Hand flößte diese Stimme Vertrauen ein. White Fang wurde zwischen gegensätzlichen Stimmungen und Empfindungen hin und her gerissen. Ihm kam es vor, als müßte er davon in Stücke gerissen werden, so gegensätzlich waren sie.

Er entschied sich für einen Mittelweg. Er knurrte und sträubte sein Haar und legte die Ohren zurück, aber er schnappte nicht zu und lief auch nicht weg. Die Hand senkte sich, kam näher und näher, bis sie die Spitzen seiner gesträubten Haare berührte. Er duckte sich, aber die Hand folgte seiner Bewegung und legte sich fest auf sein Fell. Zitternd, fast schaudernd, ließ er es geschehen. Es war eine Qual, daß die Hand ihn berührte und seinen Instinkt aufwühlte. Er konnte nicht vergessen, wie viel Böses ihm von der Hand des Menschen geschehen war. Aber es war der Wille des Gottmenschen, und ihm hatte er sich zu unterwerfen.

Die Hand hob und senkte sich und liebkoste ihn mit sanften Schlägen. Dies wiederholte sich oft, aber jedesmal sträubte sich White Fangs Haar, sobald die Hand sich hob. Und sobald sie sich senkte, legte er die Ohren zurück und knurrte warnend. Dadurch kündigte er an, daß er gewillt sei, sich für jeden ihm zugefügten Schmerz zu revanchieren. Es war ihm nicht klar, wann sich die geheime Absicht des Gottmenschen offenbaren werde. Jeden Augenblick konnte sich diese sanfte, freundliche Stimme in ein Gebrüll wandeln, konnte die weiche, liebkosende Hand erbarmungslos zupacken, um eine harte Strafe an ihm zu vollziehen.

Aber der Gottmensch sprach weiter freundlich mit ihm, und die Hand blieb ebenso freundlich. Noch immer stritten sich in White Fang einander widerstrebende Gefühle. Sein Instinkt wehrte sich. Seine persönliche Freiheit schien ihm gefährdet. Die Liebkosung war ihm keineswegs körperlich widerwärtig, sie war sogar angenehm, zumal sich jetzt das Klopfen vorsichtig in ein Kraulen zwischen den Ohren verwandelte. Das gefiel ihm noch mehr. Aber die Furcht blieb, und er war jeden Augenblick auf etwas überraschend Böses gefaßt.

Matt beobachtete seinen Herrn. »Da schlägt's dreizehn!« rief er. »Sie sind bestimmt ein erstklassiger Minenfachmann, Mr. Scott, aber dennoch haben Sie Ihren Beruf verfehlt. Sie hätten zum Zirkus gehen sollen!«

White Fang begann bei diesen Worten zu knurren, aber er sprang nicht weg, sondern überließ sich weiterhin der Hand, die Kopf und Hals und Rücken liebkoste.

Das war für White Fang der Anfang vom Ende seines bisherigen Lebens und der Herrschaft des Hasses. Ein neues, weit schöneres Leben tat sich vor ihm auf. Es erforderte viel Nachdenken und eine unendliche Geduld von Weedon Scott, um das zu erreichen. Von White Fang forderte es ähnlich viel, nämlich die völlige Veränderung seines Wesens. Instinkt und

Verstand hatten zu schweigen. Alle Erfahrungen mußten beiseitegeschoben, ja, sein ganzes bisheriges Leben Lügen gestraft werden. Das jetzige Leben war dem früheren genau entgegengesetzt, und darin mußte er sich erst zurechtfinden. Das Leben hatte ihn zu einem ›Kämpfenden Wolf‹ werden lassen. Nun sollte er sich ändern, wo die Anpassungsfähigkeit der Jugend längst vorbei und sein Wesen fest geformt war.

Aber Weedon Scott schaffte es. Seine Hand rührte an den Wurzeln von White Fangs Natur, und durch Güte wurden die Lebenskräfte, die so lange geschlummert hatten oder unterdrückt gewesen waren, geweckt. Eine dieser Kräfte war die Liebe.

Sie kam nicht an einem Tag. Sie wuchs allmählich und äußerte sich zunächst darin, daß er nicht weglief, obwohl er frei war. White Fang war seinem Herrn zugetan, also wachte er über dessen Eigentum. Er streifte um das Blockhaus, während die Schlittenhunde schliefen, und ein nächtlicher Besucher mußte White Fang mit dem Stock abwehren, bis Scott ihm zu Hilfe kam. White Fang hatte bald den Unterschied zwischen Dieben und ehrenwerten Männern begriffen, indem er Gang und Haltung beachtete. Den Mann, der aufrecht geradenwegs auf die Haustür zuging, ließ er in Ruhe, obwohl er ihn nicht aus den Augen ließ, bis sich die Tür geöffnet und sein Herr dem Besucher Zutritt gewährt hatte. Wenn aber einer von der Seite her geschlichen kam und sich immer wieder umsah, dann fand er bei White Fang keine Gnade. Er mußte sich rasch davonmachen und auf alle Würde verzichten.

Weedon Scott hatte es sich selbst zur Aufgabe gemacht, das Unrecht, das die Menschen White Fang angetan hatten, wieder gutzumachen. Das war ihm eine Gewissenssache. Er wußte, daß Menschen für das Unrecht, das White Fang durch Menschen angetan worden war, bezahlen mußten. So stellte er sich ganz auf White Fangs Art ein. Jeden Tag streichelte und liebkoste er den ›Kämpfenden Wolf‹, und das tat er nicht nur für eine flüchtige Minute.

So mißtrauisch und feindselig White Fang zuerst gewesen war — dieses Streicheln liebte er bald. Aber eins vergaß er dabei nie: er knurrte vom Anfang bis zum Ende. In diesem Knurren war aber bald ein neuer Ton. Ein Fremder hätte ihn nicht herausgehört und das Knurren für den Ausdruck blutrünstiger Wildheit gehalten, Weedon Scotts Ohr aber war fein genug, um den neuen Ton zu vernehmen.

Die Zeit verging, und aus der Zuneigung wurde Liebe. White Fang erkannte dies auch, obwohl er nicht wußte, was Liebe war. Sie war Schmerz und Unruhe, solange der neue Herr und Meister nicht anwesend war. Dann wurde die Liebe eine Lust, die ihn ganz erfüllte.

White Fang war dabei, sein ureigenstes Wesen zu entdecken. Trotz seiner Jahre und der Wildheit, zu der er gezwungen worden war, entwickelte er sich in ganz neuer Weise. In seinem früheren Leben hatte er das Angenehme geliebt und das Unangenehme und jede Mühe gehaßt, und darauf hatte er sein Leben abgestellt. Das war jetzt anders. Jetzt scheute er das Unangenehme nicht und nahm jede Mühe um seines Herrn willen auf sich. Statt am frühen Morgen herumzustreifen, auf Raub auszugehen oder in einem geschützten Winkel zu liegen, wartete er stundenlang auf den harten Hausstufen auf seinen Herrn. Wenn dieser spät am Abend heimkehrte, verließ White Fang die warme Schlafgrube, die er sich in den Schnee gegraben hatte, um einen zärtlichen Klaps oder ein freundliches Wort als Gruß zu empfangen. Sogar sein Futter ließ er stehen, wenn er mit seinem Herrn ausgehen durfte oder auch nur von ihm gestreichelt zu werden hoffte. Im Lichte dieser Liebe entfaltete sich White Fangs Wesen wie eine Blume im warmen Strahl der Sonne.

Seine Liebe war nicht aufdringlich. Er war zu alt und in seiner Art zu sehr geprägt, um für sein Gefühl gänzlich neue Formen finden zu können. White Fang war zu selbstbewußt dazu. Außerdem war er zu lange allein gewesen und dabei ein Einzelgänger und ungesellig geworden. Er hatte in seinem Leben noch nie gebellt. Jetzt lernte er nicht mehr zu bellen, wenn sein Herr auftauchte. Er zeigte seine Liebe niemals in leidenschaftlicher oder närrischer Weise. Er sprang nie auf seinen Herrn zu, um bei ihm zu sein. Er hielt Abstand, aber er wartete immer auf ihn, er war stets für ihn da. Seine Liebe nahm die Natur unbewußter Verehrung an. Dies verrieten nur seine Augen, denn unablässig folgte ihr Blick seinem Herrn. Wenn dieser ihn anblickte oder mit ihm sprach, wurde er linkisch verlegen, weil er seine Liebe zeigen wollte und es doch nicht konnte.

Er lernte, sich dem neuen Leben anzupassen. Er wußte, daß er die Hunde seines Herrn in Ruhe zu lassen hatte, aber, seiner Herrschernatur entsprechend, zwang er sie vorher, seine Überlegenheit und Führung anzuerkennen. Nachdem das erreicht war, hatte er mit ihnen wenig Mühe. Sie gaben Fersengeld, wenn er auftauchte.

Auch Matt erkannte er an, als Teil des Besitzes seines Herrn. Sein Herr fütterte ihn nur selten. Das tat Matt, es gehörte zu seinen Aufgaben. Aber White Fang wußte, daß es das Futter seines Herrn war, das ihm so reichlich gegeben wurde. Als Matt versuchte, ihn ins Geschirr zu spannen, um mit den anderen Hunden den Schlitten zu ziehen, widersetzte er sich, bis Weedon Scott ihm das Geschirr anlegte. Da begriff er, daß es der Wille seines Herrn war, daß er mit Matt fahren und mit ihm arbeiten müsse, wie es die anderen Hunde seines Herrn taten.

Die Schlitten in Klondyke waren von denen in Mackenzie verschieden, sie hatten Kufen. Auch die Hunde waren hier anders eingespannt. Sie liefen nicht fächerförmig, sondern hintereinander in doppelten Strängen. In Klondyke war der Leithund wirklich der Führer des Gespanns. Der klügste und stärkste Hund war der Führer, und das Rudel gehorchte ihm und hatte vor ihm Furcht. Daß White Fang bald diesen Posten erhalten würde, war klar. Mit etwas anderem gab er sich nicht zufrieden, wie Matt nach einigem Ärger einsehen mußte. White Fang bestimmte sich selbst für diesen Posten, und Matt gab nach. Obwohl er jetzt am Tage arbeiten mußte, vergaß er nie, nachts das Eigentum seines Herrn zu bewachen. So war er Tag und Nacht im Dienst, immer wachsam und vertrauenswürdig.

»Um aus meinem Herzen keine Mördergrube zu machen«, meinte Matt eines Tages, »muß ich feststellen, daß Sie verdammt klug gehandelt haben, als Sie den Hund kauften. Sie haben dem ›Schönen Smith‹ nicht nur die Faust ins Gesicht gesetzt — Sie haben ihn außerdem übers Ohr gehauen!«

In Weedon Scotts grauen Augen blitzte der alte Zorn auf, und er murmelte: »Diese Bestie!«

Am Ende des Frühjahrs traf White Fang großer Kummer. Ohne jede Ankündigung verschwand sein Herr plötzlich. Eine ganze Nacht wartete er vergeblich auf die Rückkehr. Um Mitternacht zwang ihn ein rauher Wind, auf der Rückseite des Hauses Schutz zu suchen. Hier dämmerte er im Halbschlaf vor sich hin, die Ohren gespitzt, um ja nicht den ersten Laut der vertrauten Schritte zu verpassen. Um zwei Uhr nachts trieb ihn seine Angst auf die eiskalten Hausstufen, wo er sich niederkauerte und wartete.

Der Herr kam nicht. Am Morgen öffnete sich die Tür, und Matt kam heraus. White Fang starrte ihn ängstlich an, aber sie konnten kein Gespräch miteinander führen, und so erfuhr er nicht, was er wissen wollte. Die Tage vergingen, aber der Herr kam nicht wieder. White Fang, der bisher nicht gewußt hatte, was Krankheit war, wurde krank. Er wurde sogar schwer krank, so schwer, daß Matt sich endlich entschloß, ihn zu sich ins Haus zu nehmen. Als er seinem Herrn schrieb, erwähnte er in einer Nachschrift auch White Fangs Krankheit.

Weedon Scott bekam in der Kreisstadt folgende Zeilen zu lesen. »Dieser verdammte Wolf will nicht arbeiten. Und auch nicht fressen! Er will wohl wissen, was aus Ihnen geworden ist, aber — verdammt noch mal — wie soll ich's ihm beibringen? Wahrscheinlich stirbt er bald!«

Es war so, wie Matt geschrieben hatte. White Fang fraß nicht mehr, und jeder Hund des Rudels durfte mit ihm machen, was er wollte. Er lag vor dem Ofen, und nichts interessierte ihn, weder Futter, noch Matt, noch das Leben. Matt mochte noch so freundlich mit ihm sprechen, es war alles umsonst. Er sah Matt lediglich einen Augenblick an, dann legte er den Kopf wieder auf die Vorderpfoten.

Eines Abends, als Matt murmelnd las, wurde er durch ein leises Winseln von White Fang aufgeschreckt. Er war aufgestanden, heftete seine Blicke auf die Tür und lauschte aufmerksam. Einen Augenblick später hörte Matt Schritte. Die Tür öffnete sich, und Weedon Scott kam herein. Er sah sich um.

»Wo ist der Wolf?« fragte er. Dann entdeckte er ihn nahe beim Ofen. Er war nicht, wie Hunde zu tun pflegen, auf seinen Herrn zugesprungen. Er stand lediglich da, beobachtete und wartete.

»Bei der Heiligen Jungfrau«, rief Matt. »Er wedelt sogar mit dem Schwanz!«

Weedon Scott ging auf ihn zu und rief ihn. White Fang kam ihm entgegen, nicht mit einem Sprung, aber doch eilig. Er war verlegen, aber seine Augen nahmen einen seltsamen Ausdruck an. Sie strahlten geradezu.

»So hat er mich, als Sie weg waren, nicht ein einziges Mal angesehen!« meinte Matt.

Weedon Scott hörte es kaum. Er streichelte White Fang zwischen den Ohren, strich lang und zärtlich vom Nacken über die Schulter und klopfte ihm sanft auf den Rücken. White Fang knurrte dabei, wobei der fremde, neue Ton stärker war denn je.

Aber das war noch nicht alles. Seine Liebe fand eine neue Form, sich auszudrücken. Er stieß plötzlich seinen Kopf vorwärts und zwängte ihn zwischen Arm und Körper seines Herrn. Nur seine Ohren waren noch zu sehen.

Die beiden Männer sahen sich an. Scotts Augen waren feucht. Als er sich wieder gefaßt hatte, sagte er: »Ich hab's ja immer vermutet, daß dieser Wolf ein Hund ist. Sehen Sie ihn bloß an!«

Nachdem sein Herr wieder da war, erholte sich White Fang schnell. Zwei Tage und eine Nacht blieb er noch im Hause, dann lief er hinaus. Die Schlittenhunde hatten seine Stärke vergessen, sie erinnerten sich nur noch, wie sie ihn zuletzt erlebt hatten, schwach und krank. Sobald sie ihn erblickten, sprangen sie auf ihn zu.

»Sprich mit ihnen ein Wörtchen, zeig's ihnen, Wolf!« rief ihm Matt zu, der in der Tür stand und lachend zusah. »Nimm sie dir vor, Wolf!«

White Fang hatte diese Aufforderung nicht nötig. Die Rückkehr seines Herrn hatte ausgereicht. Er war wieder springlebendig und unbezähmbar. Er kämpfte aus reiner Freude am Kampf. Es konnte nur ein Ende geben. Das Rudel mußte eine schändliche Niederlage einstecken, und erst, als es dunkel geworden war, kamen die Hunde einzeln angeschlichen und zeigten demütig ihre erneute Unterwerfung an.

Nachdem White Fang gelernt hatte, den Kopf zwischen Arm und Körper seines Herrn zu schmiegen, tat er dies oft. Mehr konnte er einfach nicht tun. Er hatte es nicht gern gehabt, wenn man ihn berührte, denn die Wildheit in ihm warnte ihn vor allen Berührungen. Sein Instinkt riet ihm, den

Kopf immer frei zu haben. Und nun brachte er sich selbst in den Zustand völliger Hilflosigkeit. Es war der Ausdruck seines grenzenlosen Vertrauens, das äußere Zeichen seiner vollkommenen Ergebung, als wolle er sagen: »Ich gebe mich ganz in deine Hand. Mach mit mir, was du willst!«

Eines Abends saßen Scott und Matt beieinander, um vor dem Schlafengehen noch eine Partie Karten zu spielen. »Zweiundzwanzig, vierundzwanzig, und ein Pärchen machen sechsundzwanzig!« zählte Matt gerade, als sie draußen einen Schrei hörten und White Fangs wütendes Knurren. Sie blickten sich an und sprangen auf.

»Der Wolf hat einen vor!« rief Matt.

Ein erneuter lauter Schrei beschleunigte ihre Schritte.

»Bring eine Lampe mit!« rief Scott, als er hinauslief.

Matt nahm die Lampe, und in ihrem Schein sahen sie einen Mann auf dem Rücken liegen, der Gesicht und Kehle mit den Armen schützte. Und das war auch notwendig. White Fang war wie rasend, immer wieder versuchte er, die verwundbarste Stelle, die Kehle, zu fassen. Von der Schulter und den gekreuzten Armen des Mannes hingen Rock und Unterzeug in Fetzen herab, während die Arme selbst blutüberströmt waren.

Im nächsten Augenblick hatte Weedon Scott White Fang an der Kehle gepackt und ihn zurückgezerrt. White Fang knurrte und keuchte, aber er machte keinen Versuch, erneut zuzubeißen, und auf ein scharfes Wort seines Herrn beruhigte er sich sogar etwas.

Matt half dem Mann auf die Füße. Als der seine gekreuzten Arme sinken ließ, kam die Teufelsfratze des ›Schönen Smith‹ zum Vorschein. Matt ließ ihn sofort los, als hätte er ins Feuer gegriffen. Der ›Schöne Smith‹ blinzelte ins Licht und sah sich um. Als er White Fang erblickte, zuckte er vor Schreck zusammen.

In diesem Augenblick bemerkte Matt zwei Dinge, die im

Schnee lagen, eine eiserne Hundekette und einen starken Knüppel.

Weedon Scott musterte die Gegenstände und nickte. Kein Wort wurde gesprochen. Der Hundetreiber faßte den ›Schönen Smith‹ bei der Schulter und drehte ihn nach rechts. Kein Wort brauchte gesprochen zu werden. Der ›Schöne Smith‹ machte sich ganz von selber aus dem Staube ...

Es lag etwas in der Luft. White Fang witterte das herannahende Unheil, ehe es noch greifbar war. Auf eine unbekannte Weise wurde ihm klar, daß eine Veränderung bevorstand.

»Nun hören Sie sich das an!« rief der Hundetreiber eines Tages, als sie beim Abendbrot saßen.

Weedon Scott lauschte. Durch die Tür drang ein ängstliches Winseln. Dann folgte ein langes Schnüffeln, als ob White Fang sich überzeugen wollte, daß sein Herr noch da sei und nicht wieder allein und geheimnisvoll die Flucht ergriffen hatte.

»Ich glaube beinahe, der Wolf ahnt etwas«, sagte der Hundetreiber.

Weedon Scott sah seinen Gefährten an. »Was, zum Kuckuck, soll ich mit einem Wolf in Kalifornien anfangen?« fragte er.

»Das ist ja das, was ich sage«, antwortete Matt. »Was, zum Kuckuck, sollen Sie mit einem Hund in Kalifornien!«

»Die Hunde der Weißen hätten gegen ihn keine Chance«, fuhr Scott fort, »er würde sie sofort umbringen. Entweder ginge ich an den Geldstrafen bankrott, oder die Behörden würden ihn mir wegnehmen und durch einen elektrischen Schlag töten.«

In dem Schweigen, das folgte, vernahmen sie das leise Winseln an der Tür und dann wieder das Schnüffeln.

»Er hängt verteufelt an Ihnen!« meinte Matt.

Weedon Scott beschäftigte sich eine Weile mit seinen

eigenen Gedanken. Dann erwiderte er ruhig: »Ich weiß selber nicht, was ich will, das ist das Problem ... Es wär ja geradezu lächerlich, den Hund mitzunehmen!«

»Ich bin ganz Ihrer Meinung«, gab Matt zur Antwort.

»Aber, in drei Teufels Namen, woher weiß er, was hier vor sich geht? Das begreife ich nicht!« fuhr Matt fort.

»Es geht auch über meinen Horizont, Matt!« meinte Scott und schüttelte den Kopf.

Dann kam der Tag, an dem White Fang durch die offenstehende Haustür den unheilverkündenden Koffer auf dem Flur bemerkte. Sein Herr packte Sachen hinein. Leute kamen und gingen und das sonst so ruhige Haus war jetzt voller ungewohnter Aufregung und Unruhe. Das hatte etwas zu bedeuten. White Fang hatte es längst gefühlt.

In der folgenden Nacht brach er in ein langgezogenes Wolfsgeheul aus. Wie einst in den Tagen seiner Kindheit, als er aus der Wildnis zurück zum Lagerplatz geflohen und statt des Zeltes des Grauen Bibers einen Kehrichthaufen vorgefunden hatte, so klagte er nun den kalten Sternen sein Leid.

Drinnen, im Hause gingen die beiden Männer gerade zu Bett.

»Er hat wieder sein Futter stehen lassen«, bemerkte Matt von seinem Lager. Weedon Scott antwortete nur mit einem Brummen und dem Rascheln der Decken.

»Damals, als Sie fort waren, fing's auch so an. Diesmal geht er wahrscheinlich ein!«

Am nächsten Tag wurde White Fangs Angst und Unruhe noch offensichtlicher. Er hing an den Fersen seines Herrn, sobald dieser das Haus verließ, und legte sich auf die Stufen, wenn er hineingegangen war. Durch die offene Tür sah er das Gepäck stehen. Zu dem Koffer waren zwei große Ballen und eine Kiste gekommen. Matt rollte gerade die Decken seines Herrn und die Pelze in ein Segeltuch. White Fang begann zu winseln, als er das bemerkte.

Dann kamen zwei Indianer. Er beobachtete, wie sie das Gepäck auf ihre Schultern hoben und Matt folgten, der das Bettzeug und den Koffer trug. Aber White Fang folgte ihnen nicht. Sein Herr war noch im Hause. Nach einer Weile kehrte Matt zurück. Der Herr kam zur Tür und rief White Fang.

»Du armer Teufel«, sagte er freundlich, rieb White Fangs Ohren und klopfte ihm den Rücken. »Ich muß eine weite Reise tun, alter Bursche, und ich kann dich nicht mitnehmen. Nun knurre noch einmal, zum letzten, allerletzten Mal!«

Aber White Fang weigerte sich zu knurren, statt dessen schmiegte er seinen Kopf zwischen Arm und Körper seines Herrn.

»Der Dampfer pfeift!« rief Matt. Vom Yukon her hörten sie einen Flußdampfer heiser pfeifen. »Machen Sie's kurz! Schließen Sie die Vordertür ab. Ich gehe hinten hinaus! Wir müssen los!«

Die beiden Türen schlugen zur selben Zeit zu. Weedon Scott wartete auf Matt, der um das Haus kam. Von drinnen kam ein leises Winseln, und Seufzen. Dann folgte ein langes Schnüffeln.

»Sie müssen sehr gut für ihn sorgen, Matt«, meinte Scott, als sie den Hügel hinuntergingen. »Schreiben Sie mir, damit ich weiß, wie's ihm geht.«

»Tu ich!« versprach Matt. »Aber hören Sie sich das an!«

Die Männer blieben stehen. White Fang heulte jetzt, wie Hunde heulen, deren Herr gestorben ist. Es war eine herzzerreißende Wehklage.

Die ›Aurora‹ war der erste Dampfer, der in diesem Jahre abging; auf seinen Decks standen dicht gedrängt die Abenteurer und Goldsucher, die jetzt ebenso darauf versessen waren, das Land zu verlassen, wie sie es einst betreten hatten. An der Landebrücke schüttelte Scott Matt noch einmal die Hand, ehe der ans Ufer zurückging.

Matts Hand lag plötzlich schlaff in der Hand des anderen,

denn er sah starr auf etwas hinter Scotts Rücken. Scott drehte sich um, um zu sehen, worauf Matt blickte. White Fang saß ein paar Schritte entfernt an Deck und schaute die beiden aufmerksam an.

Der Hundetreiber begann zu fluchen. Scott konnte nur staunen.

»Haben Sie die vordere Tür verschlossen?« fragte Matt.

Der andere nickte: »Und was war mit der hinteren Tür?«

»Fest abgeschlossen!« versicherte Matt energisch.

White Fang legte die Ohren zurück, aber er blieb, wo er war, und machte keinen Versuch, sich zu nähern.

»Ich muß ihn mit ans Land nehmen!« sagte Matt und ging auf White Fang zu, aber der glitt weiter zurück. Der Hundetreiber machte Jagd auf ihn, doch White Fang verschwand zwischen den Beinen einer Gruppe von Männern. Er duckte sich, lief hin und her, wich aus und machte so alle Versuche, ihn zu fangen, zunichte. Als sein Herr ihn rief, lief White Fang sofort gehorsam zu ihm hin.

»Zu mir kommt er nicht, und dabei habe ich ihn monatelang gefüttert!« rief der Hundetreiber tief enttäuscht. »Sie haben ihm nur die ersten paar Tage Futter gegeben. Woher weiß er bloß, daß Sie der Boß sind!«

Scott, der White Fang tätschelte, bückte sich und zeigte auf einige frische Schnitte an seiner Schnauze und zwischen den Augen. Matt bückte sich nun und fuhr mit der Hand über White Fangs Bauch.

»Ans Fenster haben wir überhaupt nicht gedacht. Er muß, weiß der Kuckuck, mitten durch das Glas gesprungen sein.«

Weedon Scott überlegte kurz. Die Schiffspfeife gab das letzte Abfahrtssignal. Leute liefen über die Laufbrücke ans Ufer zurück. Matt löste das Tuch von seinem Hals und wollte es um White Fangs Hals schlingen. Scott faßte die Hand des Hundetreibers.

»Leb wohl, Matt, alter Junge. Und was den Wolf betrifft — Sie brauchen nicht zu schreiben ... Sie sehen, ich ...!«

»Was?« schrie Matt. »Sie wollen damit sagen ...«

»Genau das! Hier ist Ihr Halstuch. Ich werde Ihnen schreiben, wie es ihm geht!«

Matt blieb mitten auf dem Laufsteg stehen. »Er wird das Klima nicht überstehen!« rief er hinüber, »Sie müssen ihn bei warmem Wetter scheren lassen!«

Die Laufplanken wurden eingezogen, und die ›Aurora‹ legte vom Ufer ab. Weedon Scott winkte ein letztes Lebewohl, dann drehte er sich um und beugte sich über White Fang, der neben ihm stand.

»Nun knurre, du verdammter Kerl, knurre!« sagte er und fuhr ihm zärtlich über Kopf und Rücken.

X.

Im Süden

White Fang verließ den Dampfer in San Franzisko und war fassungslos. Tief in seinem Inneren, ohne durch Nachdenken dazu gekommen zu sein, hatte er schon immer Macht und Göttlichkeit gleichgesetzt, aber niemals zuvor waren ihm die Weißen als so mächtige Gottmenschen vorgekommen wie jetzt, daß er über das schmutzige Pflaster San Franziskos trottete. An die Stelle der Blockhäuser und Zelte, die er bisher kennengelernt hatte, traten turmhohe Häuser. Die Straßen waren voller Gefahren: Wagen, Karren, Automobilen und von Pferden gezogenen Fahrzeugen. Dann gab es da in der Mitte der Straße riesige Wagen, die immerzu hupten und klingelten und wie wütende Luchse kreischten.

All dies war Verkörperung von Macht. Hinter allem stand der Mensch, der dies überwachte und kontrollierte und beherrschte. Es war unbegreiflich, überwältigend, und White Fang konnte es einfach nicht fassen. Wie niemals zuvor fühlte er die Abhängigkeit von seinem Herrn. Er folgte ihm dicht auf den Fersen.

Aber White Fang erlebte nur einen traumgleichen Eindruck der Stadt, eine Erfahrung, die einem Alptraum glich und ihn noch lange bis in seine Träume verfolgte. Er wurde nämlich von seinem Herrn in einen Gepäckwagen gesteckt und inmitten Haufen von Kisten und Kasten an eine Kette gelegt. Ein kräftiger, braungebrannter Mann kommandierte hier und räumte geräuschvoll Koffer und Kisten hin und her, nahm sie durch die Tür in Empfang und türmte sie aufeinander oder warf sie zur Tür hinaus, anderen Gottmenschen zu, die sie draußen auffingen.

Sein Herr hatte ihn in dieser Gepäckhölle allein gelassen, wenigstens fühlte sich White Fang verlassen, bis er aus dem Gepäck seines Herrn dessen Witterung aufnahm und von da an Weedon Scotts Sachen scharf bewachte.

»Es wird Zeit, daß Sie sich sehen lassen«, knurrte der Gepäckmeister, als Weedon Scott endlich an der Tür erschien. »Ihr Hund ließ mich nicht an ihr Gepäck!«

White Fang sprang ins Freie und war überrascht. Der Alptraum der Stadt war fort. Für ihn war der Gepäckwagen nur ein Zimmer gewesen. Inzwischen war die Stadt verschwunden. Aber er hatte wenig Zeit, sich darüber zu wundern.

Ein Wagen wartete, und ein Mann und eine Frau näherten sich seinem Herrn. Die Frau streckte ihre Arme aus und schlang sie um den Nacken seines Herrn, eine feindliche Aktion. Im nächsten Augenblick hatte sich Weedon Scott aus der Umarmung freigemacht und White Fang gefaßt, der sich wie ein rasender Dämon gebärdete.

»Keine Angst, Mutter«, meinte Scott, als er White Fang gefaßt und beruhigt hatte. »Er hat gedacht, du wolltest mir etwas tun, und das wollte er nicht zulassen. Alles in Ordnung — er wird es bald lernen!«

»Und bis dahin darf ich zu meinem Sohn nur zärtlich sein, wenn der Hund nicht in der Nähe ist?« fragte sie lachend, obwohl sie von dem Schreck noch blaß war.

»Er wird es lernen, und zwar sofort!« entschied Scott. »Setz dich, Wolf! Willst du dich setzen!«

White Fang gehorchte, wenn auch widerwillig und langsam.

»Komm, Mutter!« Scott öffnete seine Arme, aber er ließ

White Fang nicht aus den Augen. »Setz dich!« rief er immer wieder.

White Fang knurrte leise und drohend, als der feindliche Akt sich wiederholte, aber er ließ es geschehen.

Dann wurde das Gepäck in den Wagen gebracht. Die weißen Gottmenschen stiegen ein, und White Fang lief hinterher. Nach fünfzehn Minuten fuhr der Wagen unter einem steinernen Tor hindurch und bog in eine Allee ein, die von zwei Reihen alter, mächtiger Walnußbäume gesäumt war. Dahinter war zu beiden Seiten grüner Rasen, auf dem ab und zu eine knorrige Eiche stand. Im Kontrast zu dem Grün der Rasenflächen standen dahinter goldgelbe Felder und dunkle Hügel. Auf der Höhe eines Hügels stand das Herrenhaus mit einer flachen Veranda und vielen Fenstern.

White Fang fand wenig Zeit, auf dies alles zu achten. Kaum hatte sich der Wagen dem Hause genähert, als er auch schon von einem helläugigen, spitzschnäuzigen Schäferhund angefallen wurde. White Fang knurrte nicht zur Warnung, nur sein Haar sträubte sich. Dann tat er seinen stummen, tödlichen Sprung . . . Plötzlich hielt er inne, machte die Beine steif, um nicht das Gleichgewicht zu verlieren und rutschte ein Stück über den Boden, um den Zusammenstoß mit dem Hund zu vermeiden, den er angreifen wollte. Der Hund war eine Hündin. Das richtete nach dem Gesetz seiner Rasse eine Wand zwischen ihnen auf.

Für die Hündin gab es aber keine Wand. Sie gehörte zur Rasse der Schäferhunde. Ihr Instinkt fürchtete alles, was aus der Wildnis kam, besonders einen Wolf. Für sie war White Fang ein Wolf und damit der Erzfeind der Herden, die ihre Vorfahren zu bewachen hatten, seitdem es überhaupt Herden gab. So griff sie ihn an, als er es nicht tat. Er knurrte unwillkürlich, als er ihre Zähne in seiner Schulter fühlte, aber trotzdem wehrte er sich nicht. Er ging rückwärts, steifbeinig und selbstbewußt, und drehte und wendete sich, ohne Erfolg. Sie stand immer im Wege, wohin er auch gehen wollte.

»Hierher, Collie!« rief der fremde Mann im Wagen.

Weedon Scott lachte. »Mach dir nichts draus, Vater! Es ist eine gute Schule. White Fang wird noch viel zu lernen haben, und es ist gut, daß er gleich damit anfängt. Er wird sich schon drein finden!«

Der Wagen fuhr weiter, und noch immer ging Collie ihm nicht aus dem Wege. Er versuchte, einen Haken zu schlagen, aber das mißlang und wieder wies sie ihm ihre blitzenden Zähne.

Der Wagen trug seinen Herrn fort, und schon verschwand er zwischen den Bäumen. Die Lage wurde verzweifelt. Plötzlich stieß er sie um. So plötzlich war das geschehen, daß sie sich mehrmals überschlug und dabei schrill aufheulte.

White Fangs Weg war frei, und mehr wollte er nicht. Sie lief laut bellend hinter ihm her, aber der Weg war schnurgerade, und als er seine volle Geschwindigkeit erreicht hatte, hatte sie das Nachsehen.

Sie folgte ihm wütend, geradezu hysterisch, und gab ihr letztes, aber White Fangs Vorsprung vergrößerte sich.

Als er um das Haus bog, verließ sein Herr gerade den Wagen. In diesem Augenblick wurde White Fang völlig überraschend von der Seite angegriffen. Ein Jagdhund schoß auf ihn zu. White Fang versuchte, sich im vollen Lauf umzudrehen, aber seine Geschwindigkeit war zu groß und der Jagdhund zu nahe heran. Der Stoß traf ihn in die Seite, und weil er ihn so überraschend getroffen hatte, überschlug sich White Fang.

Als er blitzschnell wieder auf den Beinen stand, bot er einen fürchterlichen Anblick. Die Ohren zurückgelegt, die Zähne entblößt, die Nase emporgezogen.

Im nächsten Augenblick klopften seine Zähne zusammen, schon dicht an der Kehle des Jagdhundes.

Weedon Scott eilte hinzu. Aber er war zu weit entfernt. Doch Collie rettete das Leben des Jagdhundes. Ehe White Fang erneut zuspringen und den tödlichen Biß anbringen konnte, kam Collie heran, wild wie ein Tornado. Sie sprang White Fang an und erreichte ihn mitten in seinem Sprung, und wieder überschlug er sich.

Im nächsten Augenblick war Scott zur Stelle und hielt White Fang zurück, während der Vater die Hunde rief.

»Ein freundlicher Empfang für einen einsamen armen Wolf aus dem Norden«, meinte Scott, während sich White Fang unter seiner tätschelnden Hand langsam beruhigte. »In seinem ganzen Leben hat er bisher nur einmal den Boden unter den Füßen verloren, und hier mußte er das in dreißig Sekunden gleich zweimal erleben!«

Der Wagen war weggefahren, und einige fremde Gottmenschen traten aus dem Haus. Einige blieben respektvoll in einiger Entfernung. Aber zwei Frauen begingen wieder einen feindlichen Akt und schlangen seinem Herrn die Arme um den Hals. White Fang war nun bereit, das zu erlauben. Er knurrte lediglich.

Die beiden anderen Hunde hatten sich inzwischen am Rande der Veranda hingelegt und beobachteten böse den Eindringling. Eine von den weiblichen Gottmenschen schlang die Arme um Collies Hals und streichelte sie, aber Collie blieb aufgeregt und störrisch und war überzeugt, daß Menschen, die die Gegenwart eines Wolfes erlauben, einen schweren Fehler begingen.

Die Gottmenschen stiegen jetzt die Treppen hinauf, um ins Haus zu gehen. White Fang folgte seinem Herrn auf den Fersen. Dick, der Jagdhund, knurrte, und White Fang knurrte zurück.

»Nehmt Collie mit herein, und laßt die beiden ihren Strauß ausfechten!« schlug der Vater vor. »Hinterher werden sie Freunde sein!«

»White Fang wird in diesem Falle seine Freundschaft erst bei Dicks Begräbnis beweisen können!« lachte der Sohn.

Der ältere Scott sah erst ungläubig White Fang, dann Dick und schließlich seinen Sohn an. »Du meinst . . .?«

Weedon nickte. »In einer Minute ist Dick tot, bestimmt aber in zwei Minuten!« Er wandte sich White Fang zu. »Komm mit, du Wolf! Jetzt mußt du mit hinein!«

White Fang stieg steifbeinig die Stufen hinauf und über die Veranda, den Schwanz erhoben. Er ließ Dick nicht aus den Augen, um vor einem Angriff auf der Hut zu sein, gleichzeitig aber vor den unbekannten Schrecken, die ihn aus dem Innern des Hauses treffen mochten.

Aber kein Schrecken traf ihn, und so legte er sich mit einem zufriedenen Laut zu Füßen seines Herrn nieder, bereit, aufzuspringen und mit den Schrecken um sein Leben zu kämpfen, die sicherlich unter dem Dach des Hauses lauerten . . .

White Fang war von Natur anpassungsfähig. Außerdem war er weit herumgekommen und hatte gelernt, wie notwendig und vorteilhaft es ist, sich einzufügen.

In Sierra Vista, so hieß Richter Scotts Herrensitz, fühlte sich White Fang bald daheim. Mit den Hunden gab es keinen Ärger mehr. Sie wußten besser als er, wie man mit Gottmenschen auskam, und White Fang war in ihrer Achtung gestiegen, als ihm die Menschen erlaubten, mit ihnen unter einem Dach zu leben. Er war zwar ein Wolf, aber die Menschen duldeten seine Gegenwart. Also war für sie der Fall damit geklärt.

Dick benahm sich im Anfang etwas steif, aber dann erkannte er White Fang als Hausgenossen an. Er war sogar bereit, Freundschaft mit White Fang zu schließen. Aber das lehnte White Fang ab. Er wollte in Ruhe gelassen werden, mehr verlangte er nicht von den Hunden. Von Jugend auf hatte er sich von seiner eigenen Art ferngehalten, und das sollte so bleiben. Dicks freundliches Wesen war ihm zuwider, und so vertrieb er ihn durch Knurren, bis auch Dick für ihn nicht mehr Interesse aufbrachte als für den Pfahl neben der Stalltür.

Mit Collie verlief alles anders. Zwar erkannte sie ihn als einen Gefährten ihrer Herren an, aber das war für sie noch lange kein Grund, ihn in Ruhe zu lassen. In ihr war unbewußt die Erinnerung der zahllosen Verbrechen lebendig, die das Geschlecht der Wölfe an ihren Vorfahren begangen hatte. Nicht eine Minute konnte sie die geplünderten Schafhürden vergessen, und sie gab sich alle Mühe, ihm das Leben zur Hölle zu machen. Sie wußte, daß White Fang sie nie angreifen würde, und das nutzte sie aus. Wenn sie auf ihn losging, so kehrte er ihren scharfen Zähnen seine pelzgeschützte Schulter zu und schritt steifbeinig davon.

Wenn sie ihn allzu sehr bedrängte, ging er immer im Kreise um sie herum, die Schulter als Schutz vorgeschoben und einen geduldigen und nachsichtigen Zug im Gesicht.

Manchmal aber beschleunigte ein Biß in seinen Hinterläufen seinen Rückzug, und der glich dann einer würdelosen Flucht. Meistens aber gelang es ihm, seine Haltung zu bewahren. Er übersah sie, wenn das möglich war, und ging ihr aus dem Wege, sobald er sie nur kommen sah oder hörte.

Auch in anderer Beziehung mußte White Fang viel lernen. Das Leben im Norden war, verglichen mit dem in Sierra Vista, geradezu einfach gewesen. In erster Linie mußte er die Familie seines Herrn kennenlernen. Viele Personen waren zu berücksichtigen, in erster Linie Richter Scott und seine Frau, dann die beiden Schwestern seines Herrn, Beth und Mary. Und dann gab es seine Frau, und nicht zuletzt gab es seine Kinder, Weedon und Maud, kleine Dinger von vier und sechs Jahren. Niemand konnte ihm über diese Personen etwas erzählen, und von Blutsverwandtschaft und ähnlichen Dingen hatte er keine Ahnung. Aber er hatte bald festgestellt, daß sie alle irgendwie zu seinem Herrn gehörten. Er beobachtete genau, sobald sich die Möglichkeit bot, ihr Verhalten, ihre Sprache und den Ton ihrer Stimmen, und nach und nach lernte er auf diese Weise, in welchem Grad sie seinem Herrn lieb und wert waren, und danach richtete sich sein Verhalten.

So verhielt er sich auch zu den Kindern. Sein Leben lang hatte er Kinder nicht gemocht. Als sich Weedon und Maud ihm näherten, hatte er geknurrt und sie böse angeblickt. Ein Klaps und ein scharfes Wort seines Herrn hatten ihn veranlaßt, sich ihre Zärtlichkeit gefallen zu lassen. Aber er knurrte, wenn auch leise, dabei weiter, und in diesem Knurren war zuerst kein kosender Ton gewesen.

Da er aber wußte, wie viel sein Herr von dem Jungen und dem Mädchen hielt, waren bald kein Klaps und kein scharfes Wort mehr nötig, damit sie ihn streicheln durften. Zuletzt kam sogar ein freundlicher Glanz in seine Augen, wenn sie sich näherten, und sein Blick wurde traurig, wenn sie wegliefen, um sich anderswo zu belustigen.

All dies entwickelte sich ganz allmählich. Nach den Kindern stand Richter Scott am höchsten in White Fangs Gunst. Dafür gab es zwei Gründe, erstens schätzte er White Fang augenscheinlich, und zweitens drängte er sich nicht auf. White Fang lag gern auf der Veranda zu seinen Füßen, wenn er die Zeitung las und ihn von Zeit zu Zeit mit einem Wort oder Blick bedachte. Aber das geschah nur, wenn Weedon Scott nicht anwesend war. Sobald sein Herr erschien, existierten die anderen für White Fang nicht mehr. Er erlaubte den anderen Familienmitgliedern wohl, ihn zu streicheln und sich mit ihm zu beschäftigen, aber ein Unterschied blieb. Ihre Zärtlichkeit konnte seiner Kehle niemals einen kosenden Ton entlocken, und keiner brachte ihn dazu, seinen Kopf zwischen Körper und Arm zu stecken. Dies blieb seinem Herrn vorbehalten.

Auch außerhalb des Hauses gab es für White Fang viel zu lernen. Der Besitz seines Herrn war groß, aber er hatte seine Grenzen. Eine davon war die Straße. Jenseits lag Land, das allen Gottmenschen gehörte.

Ein Dickicht von Gesetzen legte diese Dinge fest und bestimmte das Verhalten. Er verstand aber die Sprache der Gottmenschen nicht, deshalb konnte er diese Gesetze nur durch Erfahrung lernen. Er folgte seinen natürlichen Impulsen, bis er gegen ein Gesetz verstieß. Wenn das ein paarmal geschehen war, hatte er das betreffende Gesetz gelernt und beachtete es.

Die wirksamsten Erziehungsmittel waren ein Klaps von der Hand seines Herrn oder ein tadelndes Wort. Da er seinen Herrn sehr liebte, tat ihm ein Klaps weher als die fürchterlichen Prügel, die ihm einst der Graue Biber oder der ›Schöne Smith‹ verabreicht hatten. Dabei war nur selten ein Klaps nötig, meist reichte ein Wort aus.

So lernte White Fang richtig und falsch zu unterscheiden. Danach richtete er sich. Tadel oder Lob seines Herrn waren der Kompaß, nach dem er steuerte und Sitten und Bräuche des neuen Landes und Lebens lernte.

Im Norden war der Hund das einzige Haustier gewesen. Alle anderen Tiere lebten in der Wildnis und waren, wenn er sie überwältigen konnte, seine rechtmäßige Beute und hatten ihm als Nahrung gedient. Es kam ihm nicht in den Kopf, daß dies im Süden anders sein könnte. Daß es aber doch anders war, mußte er bald erfahren. Als er eines Morgens um die Ecke des Hauses bog, traf er auf ein junges Huhn, das aus dem Hühnerhof geflattert war. White Fangs natürlicher Impuls war, es zu fressen. Ein Satz, ein Zusammenklappen der Zähne, ein erschrockenes Gackern, und er hatte das Huhn gepackt. Es war rund, zart und schmackhaft, und hinterher leckte er sich das Maul und stellte fest, daß es nach mehr geschmeckt hatte.

Er beobachtete und studierte den Hühnerhof und das Verhalten seiner Bewohner. Nachts, nachdem die Hühner zur Ruhe gegangen waren, kletterte er auf einen frisch aufgeschichteten Holzstoß, erreichte von hier aus das Dach des Hühnerstalles und sprang von dort in den Hof. Einen Augenblick später war er in den Stall eingedrungen, und das Gemetzel begann.

Als White Fangs Herr am anderen Morgen die Veranda betrat, lagen fünfzig weiße Hennen in einer Reihe auf dem Rasen. Ein Knecht hatte sie dorthin gelegt. Der Herr pfiff durch die Zähne. White Fang aber zeigte keine Spur von Scham. Im Gegenteil, er schien auf das nach seiner Meinung höchst verdienstvolle Werk stolz zu sein. Die Lippen seines Herrn wurden schmal, als er diese unangenehme Sachlage überdachte. Dann sprach er in scharfem, zornigem Ton mit dem ahnungslosen Missetäter, wobei er White Fangs Nase auf die hingeschlachteten Hennen drückte und ihm dabei einige heftige Klapse gab. Von da an plünderte White Fang nie wieder den Hühnerstall, denn das Gesetz verbot es.

Es gab aber so viele Gesetze, daß White Fang ab und zu auch beim besten Willen gegen das eine oder andere verstoßen mußte. So mußte er beispielsweise lernen, daß er auch die Hühner anderer Leute in Ruhe zu lassen hatte. Ferner gab es Katzen, Kaninchen und Truthühner, an denen er sich nicht vergreifen durfte. Er gewann daraus den Eindruck, daß er überhaupt alle Lebewesen in Ruhe zu lassen hatte, sogar eine Wachtel, die auf der Wiese vor seiner Nase aufflatterte, blieb unbehelligt. Natürlich zuckte es in ihm, nach ihr zu springen. Aber er beherrschte sich, denn er mußte dem Willen seines Herrn gehorsam sein.

Eines Tages aber sah er, wie Dick ein Feldkaninchen aufstöberte und es jagte. Der Herr sah es und griff nicht ein. Im Gegenteil — er ermunterte White Fang, sich an der Jagd zu beteiligen. So lernte er, daß Feldkaninchen Freiwild waren.

Zwischen ihm und den Haustieren waren Feindseligkeiten nicht erlaubt, zumindest mußte man sich ihnen gegenüber neutral verhalten. Aber Tiere wie Eichhörnchen, Wachteln und andere waren vogelfrei. Sie standen einem Hunde als rechtmäßige Beute zu.

Nur die Haustiere standen unter dem Schutz des Menschen, und unter ihnen durfte man kein Blutbad anrichten, denn der Gottmensch hielt die Macht über Tod und Leben in seinen Händen und wachte eifersüchtig über diese Macht ...

Die Zeit verging, eine angenehme Zeit. Es gab viel Futter und keine Arbeit, und White Fang ging es gut, und er war glücklich. Er lebte nicht nur nach der geographischen Lage im sonnigen Süden, auch sein Leben war sonnig geworden. Menschliche Güte schien wie eine Sonne auf ihn herab. Und doch blieb er anders als die sonstigen Hunde. Er kannte die Gesetze der Menschen besser als die Hunde, die nie ein anderes Leben kennengelernt hatten, und er beachtete diese Gesetze sorgfältiger als sie, aber noch immer lauerte ein Stück Wildnis in ihm. Der Wolf in ihm schlief nur, gestorben war er nicht.

Er freundete sich mit den anderen Hunden nicht an. White Fang hatte bisher als Einzelgänger gelebt, und so sollte es bleiben. In seiner Kindheit, als Liplip und das Hunderudel ihn verfolgt hatten, und dann, als er Kampfhund des ›Schönen Smith‹ war, hatte er eine Abneigung gegen alle Hunde gefaßt. Der natürliche Ablauf seines Lebens war damals gestört worden, und — von den Seinen zurückgestoßen — hatte er sich den Menschen angeschlossen.

Die Hunde seiner neuen Heimat betrachteten ihn mit Argwohn. Er weckte in ihnen den Instinkt gegen alles Wilde, und überall empfingen sie ihn mit Knurren, gesträubtem Haar und haßerfülltem Bellen. Er aber hatte längst gelernt, daß er seine Zähne nicht gebrauchen durfte. Es genügte, die

Zähne zu zeigen, um einen laut bellenden, heranstürmenden Hund zum Rückzug zu bewegen.

Es gab nur noch ein Problem in seinem Leben, und das hieß Collie. White Fang hatte gelernt, sich zu beherrschen und das Gesetz zu achten. Er bewahrte seine Ruhe und Gelassenheit, denn er lebte ja in keiner ihm feindlichen Umgebung. Gefahr, Verwundung und Tod lauerten nicht überall auf ihn. Das Leben war angenehm und gefahrlos geworden, nur Collie ärgerte ihn weiterhin, wie und wo sie nur konnte. Aber die Liebe zu seinem Herrn entschädigte ihn auch dafür.

Dieser ritt oft aus, und ihn auf seinen Ritten zu begleiten, war eine der Hauptbeschäftigungen White Fangs. Im Norden hatte er seine Tüchtigkeit als Schlittenhund bewiesen, aber im Süden gab es keine Schlitten, noch pflegte man dort Hunden schwere Lasten aufzupacken. So diente er seinem Herrn dadurch, daß er neben dessen Pferd herlief. Auch der längste Ritt ermüdete ihn nie. Er lief wie ein Wolf, leicht, mühelos und gleitend, und nach fünfzig Meilen lief er noch frisch vor dem Pferde her.

Als eines Tages der Herr über das freie Feld ritt, sprang plötzlich ein Kaninchen kurz vor dem Reiter hoch. Das Pferd scheute, stolperte und stürzte, und der Herr lag am Boden und hatte ein Bein gebrochen.

»Nach Hause, lauf nach Hause!« befahl ihm sein Herr, als er seine Verletzung festgestellt hatte. Aber White Fang dachte nicht daran, seinen Herrn zu verlassen. Der Herr wollte eine Nachricht niederschreiben, doch er suchte in seinen Taschen vergeblich nach Papier und Bleistift. Noch einmal befahl er White Fang, nach Hause zu laufen.

White Fang sah ihn nachdenklich an, lief ein paar Schritte weg, machte dann aber kehrt und winselte. Der Herr sprach freundlich, aber energisch auf ihn ein. White Fang lauschte aufmerksam und gab sich alle Mühe ihn zu verstehen.

»Paß auf, alter Knabe! Lauf nach Hause!« sagte der Herr.

»Lauf nach Hause und mach ihnen klar, was hier los ist. Fort mit dir, Wolf, los, mach dich auf den Weg!«

White Fang wußte, was »Lauf nach Hause!« bedeutete. Zwar begriff er nicht den Rest der Rede, aber er verstand, daß er nach Hause laufen sollte. So lief er los, aber nach einer Weile blieb er unschlüssig stehen und blickte sich nach seinem Herrn um.

»Lauf nach Hause!« rief sein Herr ihm in scharfem Tone zu, und diesmal gehorchte er.

Die Familie saß auf der Veranda und genoß die Kühle des Nachmittags, als White Fang ankam, keuchend und staubbedeckt.

»Weedon ist zurück!« rief die Frau des Richters.

Die Kinder begrüßten White Fang laut und erfreut und liefen ihm entgegen. Er wich aus und lief auf die Veranda. Aber sie drängten ihn zwischen einen Schaukelstuhl und das Geländer. Er knurrte und versuchte, an ihnen vorbeizukommen. Die Mutter der Kinder beobachtete es besorgt.

»Ich gebe zu, es macht mich nervös, wenn ich ihn mit den Kindern sehe«, sagte sie. »Ich habe immer Angst, daß er sie eines Tages annimmt.«

Knurrend sprang White Fang jetzt aus der Ecke und warf die Kinder zu Boden. Die Mutter rief die beiden zu sich, beruhigte sie und sagte, sie sollten White Fang nicht reizen.

»Wolf bleibt Wolf!« meint Richter Scott. »Man darf ihm nicht trauen!«

»Er ist aber nur ein halber Wolf!« verteidigte ihn Beth für ihren Bruder.

»Wir kennen Weedons Meinung«, erklärte der Richter, »er glaubt zwar, daß unter White Fangs Vorfahren ein Hund war, aber genau weiß er es selber nicht! So wie er aussieht . . .«

Er unterbrach sich, denn White Fang stand vor ihm und knurrte.

»Fort, kusch dich!« befahl der Richter.

White Fang wandte sich an die Frau des Richters. Die schrie vor Schreck auf, als er ihr Kleid packte und daran zerrte, bis es zerriß.

Jetzt stand er im Mittelpunkt des allgemeinen Interesses. Er hatte aufgehört zu knurren und stand, den Kopf hochgereckt, vor ihnen und blickte von einem zum anderen. Er atmete heftig, aber er gab keinen Ton von sich, während alles in ihm arbeitete, um das auszudrücken, was er nicht mitteilen konnte und doch mitteilen mußte.

»Ich befürchte, er ist toll geworden«, meinte Weedons Mutter ängstlich. »Ich habe schon Weedon gesagt, daß ich befürchte, das warme Klima werde einem Tier aus dem kalten Norden auf die Dauer nicht bekommen!«

»Ich glaube, er versucht uns etwas zu sagen!« rief Beth. In diesem Augenblick fand White Fang auch eine Art Sprache. Er begann laut zu bellen.

»Weedon ist etwas zugestoßen!« mutmaßte seine Frau.

Sie sprangen auf. White Fang lief die Treppe hinunter, blieb stehen und sah sich nach ihnen um, ob sie ihm wohl fogten. Jetzt hatten sie ihn verstanden und folgten ihm, und er führte sie zu dem Verunglückten.

Nach diesem Ereignis wurde er den Bewohnern von Sierra Vista noch lieber, und sogar der Knecht gab zu, daß er ein kluger Hund sei, obwohl er ein Wolf wäre ...

Die Tage kamen und gingen, und Sonnenschein lag über dem Tal von Santa Clara. Als die Tage kürzer wurden und sich White Fangs zweiter Winter im Süden näherte, machte er eine seltsame Beobachtung. Collies Zähne ließen ihn in Ruhe. Es war nur noch ein Spiel, wenn sie nach ihm schnappte. Sie wollte ihm nicht mehr weh tun. Er vergaß, daß sie einst versucht hatte, ihm das Leben zur Hölle zu machen, und wenn sie spielerisch um ihn herumlief, so ging er darauf ein.

Eines Tages verleitete sie ihn dazu, lange mit ihr auf der

Wiese herumzutollen und dann mit ihr in den Wald zu laufen. Es war schon Nachmittag, und der Herr wollte ausreiten, wie White Fang wußte. Aber etwas, das stärker war als das Gesetz, das er gelernt hatte, war in ihm lebendig geworden. Es war sogar stärker als seine Liebe zu seinem Herrn.

Collie begann, als er zögerte, ihn zu zausen und vor ihm herzulaufen. Er wandte sich ab und folgte ihr. An diesem Tage mußte sein Herr allein ausreiten, während White Fang im Walde neben Collie herlief, wie einst seine Mutter Kiche und Einauge nebeneinander durch die schweigenden Wälder des Nordens gelaufen waren. Zu dieser Zeit waren alle Zeitungen voll von dem tollkühnen Ausbruch eines Sträflings aus dem Zuchthaus von San Quinton. Er war ein Bursche, dem ein Menschenleben nichts galt. Seine Zelle war aus Eisen gewesen wie der Gang, die Wände und die Decke. Diese Zelle durfte er nie verlassen. Niemals sah er den Himmel, niemals traf ihn ein Sonnenstrahl. Am Tage war die Zelle dämmrig und nachts nichts als schwarzes Schweigen, eine Gruft, in der er lebendig begraben war. Nie sah er einen Menschen. Keiner sprach mit ihm. Das Essen wurde ihm durch eine Klappe hineingeschoben, denn er hatte schon einmal einen Wärter überfallen und halbtot geschlagen.

Dieser Bursche haßte alles und alle. Manchmal schrie er Tag und Nacht, dann gab er wieder monatelang keinen Ton von sich. Er war ein Unmensch, und alle fürchteten sich vor ihm.

Und dann war er eines Tages entflohen. Man hatte behauptet, das sei völlig unmöglich, aber es änderte nichts an seiner Flucht. Vor der Zelle lag ein toter Wärter, und zwei weitere tote Wärter bezeichneten seinen Weg durch das Zuchthaus bis zum Tor.

Die Waffen der Toten hatte er an sich genommen und war in die Berge entflohen. Ein Heer von Verfolgern jagte ihn, ein hoher Preis war auf seinen Kopf ausgesetzt.

Habgierige Bauern machten mit ihren Flinten Jagd auf ihn, um mit dem Blutgeld eine Hypothek zu tilgen oder einen Sohn studieren zu lassen.

Manchmal stellte man ihn, und am nächsten Morgen lasen dann brave Bürger beim Frühstück von einem harten Kampf, bei dem der Geflohene erneut entkommen war. Nach solchem Kampf wurden die Toten oder Verwundeten durch andere Männer ersetzt, und die Jagd ging weiter.

Plötzlich war Jim Hull, so hieß der Mörder, verschwunden. Die Jäger hatten seine Fährte verloren. Harmlose Viehzüchter in entlegenen Tälern wurden durch Streifen festgenommen und mußten ihre Unschuld nachweisen, und einige Male wurden sogar Jim Hulls sterbliche Reste in den Bergen von Leuten entdeckt, die auf diese Weise das Blutgeld zu erhalten hofften.

Die Nachrichten über Jim Hull in den Zeitungen wurden in Sierra Vista mehr aus Besorgnis als aus Neugier gelesen. Besonders die Frauen waren voller Furcht. Richter Scott machte sich darüber lustig, aber er hatte keinen Grund dazu, denn in den letzten Tagen seiner Amtszeit hatte Jim Hull vor Gericht gestanden und war zu fünfzig Jahren Zuchthaus verurteilt worden. Im offenen Gerichtssaal in Gegenwart vieler Menschen hatte Jim Hull geschworen, daß er sich eines Tages an dem Richter rächen würde, der ihn verurteilt hatte.

White Fang ahnte von alledem nichts. Aber zwischen ihm und Alice, der Frau seines Herrn, bestand ein Geheimnis. Jeden Abend, nachdem alle in Sierra Vista zu Bett gegangen waren, stand sie noch einmal auf und ließ White Fang ins Haus, der dann in der großen Halle im Erdgeschoß schlief. White Fang war an sich kein Haushund und durfte auch sonst nicht im Hause schlafen. Deshalb lief Frau Alice jeden Morgen in der Frühe hinunter und ließ White Fang ins Freie, ehe die Familie munter wurde.

Eines Nachts, als alle im Hause schliefen, erwachte White Fang und blieb still liegen. Er zog tief die Luft ein und las aus ihr die Nachricht, daß ein fremder Mensch im Raume war. Er vernahm auch, wie der Fremde sich bewegte.

White Fang gab keinen Laut von sich, denn das war nicht seine Art. Der Fremde schlich sich fast unhörbar vorwärts, aber noch unhörbar schlich White Fang, denn er trug keine raschelnde Kleidung. Er folgte dem Fremden lautlos.

In der Wildnis hatte er einst manche scheue Beute gejagt und kannte daher den Vorteil der Überraschung.

Der Fremde blieb am Fuß der großen Mitteltreppe stehen und lauschte, und White Fang stand ebenso laut- und bewegungslos und lauschte und wartete. Über die Mitteltreppe führte der Weg zu seinem Herrn. White Fangs Haar sträubte sich, doch er wartete weiter. Der Fremde hob den Fuß ...

Da sprang White Fang zu, ohne Warnung oder Ankündigung. Er sprang in die Höhe und landete auf dem Rücken des Fremden. White Fang krallte seine Vorderpfoten in die Schultern des Mannes und schlug ihm die Zähne in den Nacken. Der Fremde fiel mit ihm zu Boden, und als er sich erheben wollte, griff White Fang zum zweiten Male an.

Ganz Sierra Vista wurde alarmiert. Der Lärm im Erdgeschoß war so laut, als ob ein Regiment Geister gegeneinander kämpfte. Dazwischen ertönten Revolverschüsse. Ein Mann schrie in Todesangst auf, ein Hund knurrte wütend, und Glas und Einrichtungsgegenstände zerbrachen klirrend.

Aber so plötzlich, wie der Lärm entstanden war, verstummte er wieder. Der ganze Kampf hatte höchstens drei Minuten gedauert.

Die erschreckten Bewohner versammelten sich an der Treppe. Von unten, aus der Dunkelheit, tönte ein Gurgeln herauf, als ob Wasser liefe. Dann verwandelte sich dieser

Ton in ein Pfeifen und erlosch schließlich ganz. Nun vernahm man nur noch ein schweres Keuchen, als ob ein Mensch nach Luft ringe.

Weedon Scott drückte auf einen Knopf, und grelles Licht erhellte die Szene. Dann stiegen er und Richter Scott, die Revolver in der Hand, vorsichtig die Treppe hinunter.

Aber Vorsicht war nicht mehr nötig. White Fang hatte ganze Arbeit geleistet. Inmitten des Durcheinanders lag, das Gesicht hinter dem Arm verborgen, ein Mann. Weedon Scott beugte sich zu ihm hinab, zog den Arm beiseite und drehte den Mann auf den Rücken. Ein klaffende Wunde in seiner Kehle verriet, wie er zu Tode gekommen war.

»Jim Hull!« meinte Richter Scott, und Vater und Sohn sahen sich bedeutsam an.

Dann wandten sie sich White Fang zu. Auch er lag auf der Seite. Seine Augen waren geschlossen, aber die Lider öffneten sich ein wenig, als sie sich über ihn beugten, und sein Schwanz versuchte zu wedeln.

Weedon Scott streichelte ihn, und aus White Fangs Kehle stieg ein leises Grollen als Antwort. Seine Lider schlossen sich wieder, und sein Körper schien sich auszustrecken und steif zu werden.

»Der arme Teufel! Es ist aus mit ihm«, murmelte Weedon Scott.

»Vielleicht ist doch noch etwas zu machen!« entgegnete der Richter und ging zum Telefon . . .

Der Tierarzt kam und bemühte sich anderthalb Stunden um White Fang. »Seine Chance, mit dem Leben davonzukommen, ist 1 : 1000«, meinte er dann.

Mittlerweile war es Tag geworden. Mit Ausnahme der Kinder stand die ganze Familie um den Arzt herum, um sein Urteil zu hören.

»Ein Hinterlauf ist gebrochen«, erklärte er, »und drei Rippen ebenfalls. Davon hat wenigstens eine die Lunge durchbohrt. Außerdem hat er nahezu alles Blut verloren, und innere Verletzungen hat er wahrscheinlich auch erlitten. Der Kerl ist ja auf ihm herumgetrampelt. Die drei Kugeln, die durch ihn hindurchgegangen sind, brauche ich kaum noch zu erwähnen. 1 : 1000, das ist noch übertriebener Optimismus. 1 : 10 000 — selbst das dürfte noch zu viel sein!«

»Aber selbst die allerkleinste Chance muß genutzt werden«, rief der Richter. »Die Kosten spielen keine Rolle. Lassen Sie ihn durchleuchten, Doktor, und du, Weedon, telegrafiere sofort an Dr. Nichols in San Franzisko. Bitte, nehmen Sie das nicht krumm, Doktor! Aber wir wollen alles, wirklich alles versuchen, um ihn zu retten!«

Der Arzt lächelte nachsichtig. »Das verstehe ich. Er hat es ja auch verdient, daß alles für ihn getan wird. Er muß wie ein krankes Kind gepflegt werden, und vergessen Sie nicht, was ich über die Temperatur gesagt habe. Um zehn Uhr schaue ich wieder herein!«

White Fang erhielt jede nur erdenkliche Pflege. Richter Scotts Vorschlag, eine ausgebildete Krankenschwester kommen zu lassen, wurde von Beth und Mary beleidigt abgelehnt. Sie wollten diese Aufgabe selbst übernehmen.

Und White Fang nahm seine Chance wahr und starb nicht, wie der Arzt gemeint hatte. Diesem war wegen seines Irrtums kein Vorwurf zu machen, denn sein ganzes Leben lang hatte er nur Geschöpfe behandelt, die seit Generationen durch die Zivilisation verweichlicht waren. Verglichen mit White Fang waren es Schwächlinge, schlapp und energielos. White Fang kam geradenwegs aus der Wildnis, wo die Schwachen früh zugrundegehen und niemand verzärtelt wird. Weder in seiner Mutter noch in seinem Vater war eine Spur von Schwäche gewesen, auch nicht in den Generationen vorher. Eine eiserne Gesundheit und die ungeheure Lebenskraft der Wildnis hatten sie ihm als Erbe hinterlassen. Er hing am Leben. Jede Faser seines Wesens und seines Körpers klammerte sich daran mit einer Zähigkeit, die einst allen Geschöpfen eigen gewesen war.

Er war wie ein Häftling gefesselt, die Pflaster und Binden verhinderten jede Bewegung. Wochen brachte er so zu. Er schlief viel und träumte dann. In endloser Reihe zogen die Erinnerungen an sein früheres Leben wie Visionen vorüber.

Endlich ging es ihm besser, und schließlich kam der Tag, da der letzte Verband und das letzte Pflaster abgenommen werden konnten. Es war für ganz Sierra Vista ein Festtag. Alle hatten sich versammelt und umstanden ihn. Sein Herr rieb ihn zwischen den Ohren, und White Fang grollte seinen Liebeston. Weedons Frau nannte ihn den »lieben, braven Wolf«, eine Bezeichnung, die allgemeine Zustimmung fand.

Er versuchte aufzustehen, aber immer wieder fiel er vor Schwäche um. Er hatte so lange gelegen, daß seine Muskeln alle Spannkraft verloren hatten. White Fang schämte sich, weil er so schwach war und seinem Herrn nicht den schuldigen Dienst leisten konnte. Deshalb machte er geradezu heroische Anstrengungen, auf die Beine zu kommen. Endlich gelang es ihm, und taumelnd und torkelnd stand er auf allen vieren.

»Du lieber, braver Wolf!« riefen die Frauen.

Richter Scott blickte sie triumphierend an. »Es ist, wie ihr sagt! Ich hab's ja schon immer betont! Ein Hund hätte das nie überstanden, aber er ist eben ein Wolf!«

»Ein lieber, braver Wolf!« verbesserte ihn seine Frau.

»Einverstanden, und von nun an wollen wir ihn so nennen!« stimmte der Richter zu.

»Er muß wieder gehen lernen«, meinte der Arzt, »je eher, desto besser. Es schadet ihm nichts. Wir wollen ihn ins Freie bringen!«

White Fang schritt hinaus wie ein König, ganz Sierra Vista als Gefolge. Er war noch sehr schwach. Als er den Rasen erreichte, legte er sich nieder und ruhte eine Weile aus.

Dann setzte sich der feierliche Zug wieder in Bewegung. White Fangs Muskeln wurden kräftiger, und das Blut kreiste schneller durch seine Adern. So erreichten sie die Ställe. Davor lag Collie. Ein halbes Dutzend runder Welpen spielten um sie herum in der Sonne.

White Fang blickte sie überrascht an. Collie knurrte ihn an, und er wahrte Abstand. Sein Herr schob einen der ungeschickt watschelnden Welpen zu ihm hin. Sein Haar sträubte sich, doch der Herr beruhigte ihn. Collie beobachtete ihn eifersüchtig und knurrte.

Das Junge stand breitbeinig vor White Fang. Er spitzte die Ohren und betrachtete es genau. Dann stieß er es zärtlich mit der Nase an, und er fühlte nun selber die kleine warme Zunge in seinem Gesicht. Auch White Fang begann, den Welpen zu lecken.

Die Menschen freuten sich darüber und klatschten Beifall.

White Fang war verwirrt und blickte sie unsicher an. Dann überkam ihn wieder seine Schwäche, und er legte sich nieder, die Ohren gespitzt. Jetzt kamen auch die anderen Hündchen zu Collies Mißvergnügen hinzugelaufen.

Anfangs benahm er sich, durch den Beifall seiner menschlichen Freunde unsicher gemacht, noch ein wenig linkisch und ungeschickt, aber das verging, als die Welpen fortfuhren, auf ihm herumzusteigen und ihn zu zausen.

Mit halb geschlossenen, geduldigen Augen lag er in der Sonne und dämmerte vor sich hin ...

HEYNE
ALLGEMEINE REIHE

Taschenbücher, die echtes Lesevergnügen bieten. Große Autoren, packende Themen, beispielhafte Geschichten

50/5 - DM 10,–

50/6 - DM 10,–

01/6577 - DM 9,80

01/5738 - DM 9,80

01/6553 - DM 6,80

01/6579 - DM 12,80

01/6356 - DM 9,80

01/6228 - DM 9,80